# JEUNE FILLE
# EN BLEU JACINTHE

SUSAN VREELAND

# JEUNE FILLE EN BLEU JACINTHE

*Traduit de l'américain*
*par Hélène Fournier*

belfond
12, avenue d'Italie
75013 Paris

Titre original :
*GIRL IN HYACINTH BLUE*
publié par MacMurray and Beck, Denver,
Colorado USA



Si vous souhaitez recevoir notre catalogue
et être tenu au courant de nos publications,
envoyez vos nom et adresse, en citant ce livre,
aux Éditions Belfond,
12, avenue d'Italie, 75013 Paris.
Et, pour le Canada,
à Vivendi Universal Publishing Services,
1050, bd René-Lévesque-Est,
Bureau 100,
Montréal, Québec, H2L 2L6.

ISBN 2-7144-3797-4

*À Scott Godfrey, ostéopathe*
*Et Peter Falk, médecin*

*Ô toi ! épouse encore inviolée de la quiétude,*
*Ô toi ! nourrisson du silence et des lentes heures…*
*Forme silencieuse, ton énigme excède notre pensée*
*Comme fait l'éternité.*

John KEATS, 1819
*Ode sur une urne grecque*
Traduction Paul Gallimard

# Aimer assez

CORNELIUS ENGELBRECHT s'était inventé. Je veux tout de suite souligner le fait qu'il n'est pas ce que j'appellerais un ami, mais je le connais suffisamment pour affirmer qu'il s'était délibérément créé une personnalité : célibataire, homme aux vêtements sobres de couleurs incertaines, professeur de mathématiques, responsable du club d'échecs, de compagnie agréable pour tous plutôt qu'ami de quiconque, individu désireux de se rendre invisible. Cette apparente fadeur dissimulait pourtant un cœur passionné et, pour une raison qui ne me devint évidente que plus tard, Cornelius Engelbrecht me révéla l'obsession secrète cachée derrière l'être à l'émotion contenue qu'il avait créé.

Ce fut après les funérailles du doyen Merrill que je commençai à découvrir son cœur mis à nu. Nous avions tous été ébranlés par le décès brutal de Merrill, perte qui, à l'intérieur de la salle à manger réservée aux professeurs de notre petite école de garçons, nous avait provisoirement plongés dans une rare intimité ; cependant, ce ne fut ni le choc de cette mort, ni les verres que Cornelius avait d'avance sur nous au Penn's Den où, en cet après-midi de neige, nous nous étions rendus après l'enterrement qui le firent renoncer à sa stratégie de l'obscur. Autour de la table, quelqu'un commenta les derniers mots sibyllins de Merrill, « aimer assez », mots qui aujourd'hui me blessent comme une condamnation de ma complicité ou de mon encouragement, ce qui n'était pas le cas à l'époque. On se mit à évoquer les dernières paroles de gens célèbres puis celles de nos proches. Cornelius baissa la tête, fixa sa bière sombre. Je le remarquai uniquement parce que le hasard nous avait placés côte à côte.

Il s'adressa à son verre plutôt qu'à l'un de nous :

— « L'œil comme une perle bleue », voilà ce qu'a dit mon père. Puis il est mort. Comme ça, en hiver, à la première neige.

Cornelius avait un visage que j'ai toujours associé au portrait du duc d'Urbino par Piero della Francesca. C'était la forme de son nez, étroit mais dont l'arête extrêmement haute fournissait une assise pour des lunettes qu'il ne portait pas. On aurait dit un homme troublé par quelque mystère, ou bien plongé dans un dilemme intellectuel ou moral dévorant au point de le faire se sentir supérieur, au-dessus de ceux d'entre nous que préoccupaient les pneus de la voiture ou la grippe d'un enfant. Dès que nous abordions des sujets terre à terre, il se faisait distant, comme s'il réfléchissait à quelque chose de bien plus grave, ce qui donnait à ses sourires indifférents un air condescendant.

— « L'œil comme une perle bleue » ? Ça signifie quoi ? demandai-je.

Il étudia mon visage ; on aurait dit qu'il me mesurait à l'aune de critères personnels.

— Je suis incapable de l'expliquer, Richard, mais je crois pouvoir vous le montrer.

En fait, Cornelius insista pour que je vienne chez lui le soir même, ce qui ne lui ressemblait guère. Je ne l'avais jamais vu insister sur quoi que ce soit. Cela aurait risqué d'attirer l'attention sur lui. Je pense que les ultimes paroles de Merrill l'avaient remué ; ou alors il crut qu'elles m'avaient peut-être remué. Comme je l'ai dit, j'ignorais pourquoi Cornelius m'avait choisi ; à moins que ce soit simplement parce que j'étais le seul artiste ou professeur de dessin qu'il connût.

Il me fit longer un couloir et pénétrer à l'intérieur d'un vaste bureau envahi par les livres ; la porte en était curieusement verrouillée bien qu'il vécût seul. La pièce, condamnée, était glaciale et Cornelius alluma un feu. « Je n'ai pas l'habitude de recevoir », expliqua-t-il avant de m'indiquer l'unique fauteuil rembourré, cuir lie-de-vin, à haut dossier, placé à côté de la cheminée face à une peinture. Une peinture des plus extraordinaires, celle d'une jeune fille vêtue d'une courte blouse bleue sur une jupe couleur rouille, assise de profil à une table près d'une fenêtre ouverte.

— Mon Dieu ! m'exclamai-je.

C'est certainement ce que Cornelius désirait entendre car ces mots déclenchèrent un chapelet de directives énoncées d'une voix aiguë.

— Regardez. Regardez son œil. Comme une perle. Vermeer avait une prédilection pour les perles. Le regret dans l'expression. Voyez la lumière de Delft tomber sur son front depuis la fenêtre.

Il sortit son mouchoir et, attentif à ne pas effleurer la toile, essuya le cadre bien qu'aucun grain de poussière ne fût visible.

— Voyez ici l'élégance de la main, oisive, paume vers le haut, poursuivit-il. La manière dont à travers elle il a sacralisé un moment unique. Mais, mieux encore…

— Remarquable, l'interrompis-je. Exécutée sans aucun doute à la manière de Vermeer. Imitation trompeuse.

Mon collègue posa ses mains sur le bras du fauteuil et se pencha vers moi jusqu'à ce que je sente son souffle sur mon front.

— C'est un Vermeer, murmura-t-il.

Cette idée, cette ineptie, sa conviction me firent bredouiller.

— Beaucoup de tableaux ont été peints dans le style de Vermeer et de Rembrandt. Atelier de Rubens et autres du même genre. Le monde des arts déborde de copistes.

— C'est un Vermeer, répéta Cornelius.

La gravité de son ton m'obligea à détourner les yeux de la toile pour les poser sur lui. Il semblait se mordre l'intérieur de la joue.

— Vous ne le croyez pas ? demanda-t-il en posant la main sur son cœur.

— C'est juste qu'ils sont si rares.

Je répugnai à lui faire perdre ses illusions.

— Oui, sûrement, très rares. Très rares. Vermeer a peint au plus quarante tableaux. Et on en a uniquement localisé trente à trente-cinq. *Welk een schat ! En waar is dat alles gebleven ?*

— Qu'est-ce que c'est que ça ?

— Juste la plainte d'un historien d'art hollandais. « Où est passé un tel trésor », ou quelque chose du genre, répondit Cornelius qui se retourna et nous servit un cognac. Pourquoi serait-ce impossible ? C'est cette même fenêtre ouverte à gauche vers l'intérieur qu'il a si souvent utilisée, la même éclaboussure de lumière jaune pâle. Jetez un coup d'œil aux formes sur le tapis posé sur la table. Identiques dans neuf autres tableaux. Même chaise espagnole avec des fleurons en forme de tête de lion qu'on retrouve sur onze toiles, mêmes clous de cuivre dans le cuir. Mêmes carreaux noirs et blancs disposés en diagonale sur le sol.

— Le contenu seul ne prouve pas l'authenticité.

— Soit ! Je vous crois cependant très observateur. Vous êtes un artiste, Richard. Vous n'avez pas manqué de remarquer que la déformation du dallage est la même que dans ses œuvres antérieures, par exemple *La Leçon de musique*, 1662-1664 environ, ou *La Jeune Fille au verre de vin*, 1660.

Je n'aurais jamais imaginé qu'il en savait autant. Il débitait cela comme un manuel scolaire. Eh bien, moi aussi je pouvais le faire.

— Ça peut prouver que le tableau a été exécuté par un imitateur de moindre talent, ou par Van Mieris ou De Hooch. Tous représentaient des dallages. La Hollande tout entière était dallée.

— Oui, oui, je sais. Lorsqu'il avait acheté *La Leçon de musique*, George III lui-même croyait que c'était un Van Mieris, mais même un roi ne peut rien y changer. Il s'agit d'un Vermeer.

Il murmura le nom. Je ne sus que dire. Cela me semblait très peu plausible.

Cornelius retira livres et papiers du coin de son grand bureau en chêne, s'y appuya et se pencha vers moi.

— Je vois que vous avez encore des doutes. Étudiez, voulez-vous, les différentes profondeurs de champ. Observez le panier à ouvrage placé à l'avant sur la table, ce que Vermeer faisait souvent d'ailleurs, presque comme un obstacle entre le spectateur et le personnage. Les tresses d'osier sont indistinctes, légèrement floues, le visage de la jeune fille pourtant très net. Examinez le liseré en dentelle de sa coiffe. D'une telle précision qu'on y voit un trou d'épingle, là, au niveau de la tempe. Et maintenant regardez le verre de lait. Ses contours flous, et la carte murale, juste suggérée. Vous voyez ?

J'acquiesçai de la tête, plus par égard pour son insistance que pour manifester mon accord.

— Eh bien, il a fait la même chose dans *La Dentellière*, 1669. Ce qui me porte à croire que ce tableau a été peint entre 1665 et 1668.

Je sentis son regard me sonder tandis que j'examinais la toile.

— Vous avez amassé énormément d'informations. Y a-t-il une signature ?

— Non, aucune. Cela n'a cependant rien d'inhabituel. Vermeer négligeait souvent de signer ses œuvres.

De plus, il avait au moins sept façons différentes de le faire. Pour lui, une signature n'avait rien d'une preuve incontestable. La technique, si. Observez le sens de la touche, ces minuscules stries faites par les poils du pinceau. Elles ont leur côté éclairé et leur côté ombré. Regardez ailleurs. Vous découvrirez des couches de peinture pas plus épaisses que du fil de soie qui se chevauchent et rendent d'infimes différences de ton. Voilà ce qui en fait un Vermeer.

Je me dirigeai vers le tableau, retirai mes lunettes pour regarder de près et tout était tel que Cornelius l'avait décrit. Si je bougeais la tête à droite ou à gauche, certains traits de pinceau changeaient subtilement de nuance. Qu'il était difficile d'obtenir un tel résultat ! À d'autres endroits, la surface était si lisse que la couleur avait l'air de flotter sur la toile. Je me surpris soudain à respirer plus vite.

— Vous ne l'avez pas fait évaluer ? Je connais un professeur d'histoire de l'art qui pourrait venir jeter un coup d'œil.

— Non, non. Je préfère que ça ne se sache pas. Trop risqué. Je voulais juste que vous le voyiez parce que vous êtes à même de l'apprécier. Surtout, Richard, n'en soufflez mot à personne.

— Pourtant, s'il était officiellement reconnu… eh bien, il atteindrait une valeur astronomique. La découverte d'un Vermeer, voilà de quoi ébranler le monde de la peinture.

— Je ne cherche pas à ébranler le monde de la peinture.

Sa veine temporale palpitait : était-ce dû à sa croyance absolue en l'authenticité du tableau ou à autre chose, je l'ignorais.

— Pardonnez mon indélicatesse, mais comment l'avez-vous acquis ?

— Mon père, qui a toujours su repérer les œuvres d'art, l'a, disons, déniché au bon moment, répondit Cornelius en fixant sur moi un regard froid.

— La vente d'une succession ou des enchères ? Dans ce cas-là, il y aurait des documents.

— Non. Aucun Vermeer n'a été vendu aux enchères depuis la Première Guerre mondiale. Disons que ce tableau a été acquis à titre privé. Par mon père qui me l'a transmis à sa mort, déclara-t-il la mâchoire crispée. Il n'y a donc pas de certificat, si c'est ce à quoi vous pensez. Ni d'acte de vente.

Sa voix était étrangement provocatrice.

— La provenance ?

— Il y a plusieurs possibilités. La plupart des toiles de Vermeer sont passées entre les mains d'un certain Pieter Claesz Van Ruijven, le fils d'un riche brasseur de Delft. Je ne pense pas que ce soit le cas ici. À sa mort, Vermeer a laissé à sa femme onze enfants et un plein tiroir de dettes – 500 florins d'épicerie, et une autre somme correspondant à l'achat de lainages en échange de laquelle le commerçant Jannetje Stevens a saisi vingt-six tableaux. Plus tard, la veuve du peintre a pu négocier et les récupérer mais seuls vingt et un d'entre eux ont été vendus aux enchères lors du règlement de la succession. Qui est entré en possession des cinq autres ? Des artistes ou des marchands de la guilde de Saint-Luc ? Des voisins ? La famille ?

Ce tableau est peut-être l'un de ceux-là. Parmi ces vingt et une toiles, seize seulement ont été identifiées. Où sont passées les autres ? Voilà encore une hypothèse. Et puis un boulanger, Hendrick Van Buyten, s'est nanti de deux tableaux en échange d'une facture de pain de 617 florins. Certains estiment qu'il en possédait même déjà deux autres.

Je devais faire attention de ne pas me laisser avoir. Le fait que Cornelius possédait des connaissances sur le peintre ne faisait pas de son tableau un Vermeer.

— Plus tard, il a pu être vendu comme un De Hooch, dont l'œuvre avait plus de succès à l'époque. Ou tenir lieu de *puyk*, de prime, lors de la vente d'une collection de De Hooch ou de Van der Werff, ou encore faire partie de la succession de Pieter Tjammen à Groningue.

Là, ça me dépassait. Quelle sorte d'individu pouvait bien connaître ce genre de détails ?

— Les documents font uniquement état d'une « vente aux enchères de curieuses peintures de grands maîtres comme J. Van der Meer tenues à l'écart de la capitale ». Il existe de multiples possibilités.

C'est un déluge de mots qu'il déversait. Un professeur de maths ! Incroyable.

Quant à la manière dont son père avait acquis le tableau, il évita adroitement le sujet. Je ne connaissais pas assez bien Cornelius pour insister sans être importun. Ignorant ce qu'il prenait soin de garder secret, je ne pouvais croire à l'authenticité de la toile. Je terminai mon cognac, me libérai avec suffisamment de courtoisie et je songeai : S'il ne s'agit pas d'un

Vermeer, quelle importance ? La peinture est exquise. Laissons-le s'en délecter.

Son père. Sans doute le même nom. Engelbrecht. Allemand.

Pourquoi était-il à ce point vital que je fusse d'accord avec lui ? Quelque chose d'important devait peser dans la balance.

Je rentrai chez moi en voiture, m'efforçant d'oublier toute cette histoire, mais je ne pus effacer de mon esprit le visage de la jeune fille.

La veille, l'enterrement de Merrill avait rendu Cornelius pensif. Il ne songeait pas au doyen en particulier. Mais à l'imprévisibilité de la mort, à ce qui reste impardonné. Et à son père. Son cercueil aussi avait été recouvert de neige – des taches d'abord, qui se rejoignirent puis s'amoncelèrent jusqu'à transformer le cercueil en une miche de pain blanche et gonflée. La déclaration du pasteur à bajoues – *Il faut apprécier chaque homme pour ce qu'il est* – furent les seules paroles que Cornelius retint de la cérémonie funèbre.

Cornelius devait reconnaître que lorsqu'il était enfant à Duisburg, près de la frontière néerlandaise, Otto Engelbrecht avait été un bon père – sévère souvent et subitement tendre. En ce dimanche après-midi solitaire où la neige continuait à tomber doucement, Cornelius, qui lisait dans son gros fauteuil en cuir, leva les yeux et tenta de retrouver le plus ancien souvenir qu'il avait de son père. Peut-être était-ce quand Otto lui avait offert le petit moulin à vent en bois rapporté de Hollande. Ses ailes peintes en bleu tournaient, et une petite porte rouge à laquelle manquait un gond s'ouvrait pour laisser voir à l'intérieur une minuscule famille en bois.

Cornelius se souvenait de son père passant des dimanches après-midi avec lui, le fils unique : Otto l'emmenait au zoo de Düsseldorf, lui donnait lui-même des cours de trompette, le tirait en luge à travers le quartier et, quand son fils souffrait du froid, il enveloppait la petite main dans la sienne et l'enfonçait dans sa poche. Son père lui avait appris des coups aux échecs et les lui avait fait mémoriser ; dans des musées hollandais, il lui avait expliqué les ciels torturés de Van Gogh, le génie des visages peints par Rembrandt ; et lorsque la famille avait émigré aux États-Unis – encore une conséquence du credo de son père : toujours sauter sur l'occasion –, il l'avait emmené assister à un match des Yankees au Yankee Stadium. Aujourd'hui, Cornelius ne voyait dans ces faits que les bonnes intentions d'une vie rafistolée.

Plus tard, à Philadelphie, Cornelius fut gêné par la présence anxieuse, pesante de son père dès qu'il ramenait un camarade de classe à la maison, et il ne comprenait que de manière confuse sa mystérieuse injonction : « Si on te pose des questions, contente-toi de dire que nous sommes suisses, rien d'autre. » À l'époque où Cornelius se mit à inviter des amis de l'université, Otto avait déplacé le tableau dans le bureau, posé une serrure, et il cachait la toile en jubilant comme un grippe-sou. La posture suffisante de son père dès qu'il regardait la peinture – les mains jointes dans le dos, il se balançait sur les orteils puis sur les talons – lui donna un temps la nausée.

Après la mort de sa femme, Otto, remuant retraité, la remplaça au jardin. Maintenant, Cornelius se rappelait l'ardeur avec laquelle son père se penchait pour arracher la moindre mauvaise herbe surgie entre des rangées de choux-fleurs et de choux. Devait-il se montrer impitoyable à ce point ? Ne pouvait-il pas se contenter de la laisser pousser et se demander comment elle avait bien pu réussir à percer ? D'humeur joyeuse, Otto plantait, arrosait, offrait des sacs de légumes aux voisins.

— Ces tomates sont magnifiques, s'étonna une femme.

— De nos jours, impossible d'en trouver de bonnes au supermarché, répondit Otto en souriant, et il en rajouta dans le sac de sa voisine.

— Nous avions un potager de ce genre pendant la guerre, précisa-t-elle, et Cornelius le vit grimacer.

Était-ce le Luger de son père – Cornelius l'imaginait énorme – qui s'abattait sur la main d'une femme tentant d'attraper un petit pain au lait alors qu'on l'entraînait vivement hors de sa cuisine ?

La frontière entre souvenirs et imagination était brouillée par des années d'intense rumination, d'horribles lectures, livres dévorés les uns après les autres avec l'impérieux appétit d'un carnassier – manuels d'histoire, récits personnels, journaux intimes, documents, romans de guerre –, et aujourd'hui Cornelius ne savait plus distinguer avec certitude ce qu'il avait lu de ce qu'il avait involontairement entendu quand son père, le lieutenant

Otto Engelbrecht, racontait à l'oncle Friederich la rafle des Deux Mille du 6 août 1942, ultérieurement connue par les universitaires sous le nom de Jeudi noir.

Les Allemands avaient traîné les Juifs hors de chez eux entre la tombée du jour et minuit ; d'après les historiens, cette rafle avait été planifiée car trop peu de Juifs désignés pour la déportation se présentaient à la gare, et le train pour Westerbork devait être rempli. Vers la mi-août, les Allemands s'étaient installés à Amsterdam Zuid, un quartier plus prospère situé dans le sud de la ville. En septembre, ils y étaient encore, trimballant les Juifs jusqu'à Zentralstelle, le bureau allemand pour l'évacuation des Juifs, sur Adama Van Scheltemaplein.

Exactement comme la chaîne de montage de l'usine de Duisburg. Quelque part, la voix de son père.

Le reste était un mélange confus de mots lus et entendus, amplifié par son imagination. Cornelius revécut dans sa tête l'épisode de Duisburg : alors qu'il aurait dû être déjà couché, il avait redescendu l'escalier à pas de loup et surpris son père en train de raconter à l'oncle Friederich l'histoire que l'enfant de dix ans qu'il était n'avait alors pas comprise. Cette fois-ci, Cornelius joua la scène comme si son père – qui avait bu trop de whisky et se rengorgeait d'avoir mis Friederich échec et mat après de trop nombreuses parties perdues – disait à son frère, à une époque où il n'était pas encore dangereux de parler en famille :

— Il faut repérer les occasions et immédiatement

les saisir. C'est comme ça. Ou prendre des dispositions, s'il n'est pas opportun d'agir vite. Comme pour cette peinture. Lorsque mon aide de camp a repéré un service à thé en argent dans le salon d'une famille juive, il a tenté de le faucher. Ce n'était pas le bon moment. J'ai dû l'en empêcher. Propriété du Führer.

Cornelius avait lu quelque chose à ce sujet, le camion de la société Puls qui, le lendemain des rafles, parcourait chaque rue pour emporter les biens juifs n'appartenant à personne en vue de les remettre au Hausraterfassung.

— C'est alors que j'ai aperçu le tableau, derrière sa tête. Tout en bleus, jaunes et brun-roux, translucides comme de la laque. C'était forcément un maître hollandais. Au même instant, dans le buffet, un soldat a découvert un petit gamin caché sous des nappes derrière la vaisselle. Il s'en était fallu de peu qu'on le rate. Mon aide de camp m'a lancé un regard furieux, m'accusant d'avoir ainsi failli et de m'être laissé distraire. Il aurait pu saisir n'importe quel prétexte – le tableau, par exemple, ou mon blâme – pour signaler l'incident.

Désormais, Cornelius ne saurait jamais si ce qui résonnait dans sa tête en même temps que le fracas de la vaisselle brisée était du domaine du souvenir ou le fruit d'une imagination débordante.

— Ce sale petit Juif s'est donc pris ma botte au cul. Mais je n'ai pas oublié de noter le numéro de la maison.

Il n'était pas difficile de reconstituer la suite des événements. À une ou deux heures du matin, dès son quota livré, alors que d'autres Juifs transis se cachaient toujours et qu'un silence absolu régnait dans les rues, son père était revenu sur les lieux. La peinture se trouvait encore là, accrochée au mur malgré le décret 58/42 mentionné dans plusieurs livres d'histoire : toute collection d'art juive doit être confiée à la holding Lippmann et Rosenthal. Or, il ne s'agissait pas en l'occurrence d'une collection mais d'une seule toile, volontairement exhibée ou laissée là par ignorance. Qu'avait bien pu penser Otto ? Qu'elle méritait donc d'être emportée ? Alors, l'écho de la voix traversa les ans : « Quand je suis arrivé sur place, le service à thé avait déjà disparu. »

Le fait de repasser dans son esprit les visions dont il pensait – et espérait – que son père avait été habité empêchait Cornelius de dormir la nuit, remplissait ses rêves de pillages orgiaques, de mères non sélectionnées alignées pour mourir, de souffrances sans rapport avec le péché, de fumée poussée par le vent franchissant des clôtures pour couvrir les fenêtres de maisons chrétiennes, de dents d'enfants semblables à des perles brûlées. Son imagination le poussa à chercher avec frénésie des informations sur deux sujets : l'art hollandais et l'occupation allemande des Pays-Bas. Un seul lui procura du plaisir. Le même qui pourrait – qui sait ? – faire disparaître l'image du casque, des bottes et du Luger de son père.

Un été, poussé par son irrésistible besoin de savoir, Cornelius partit pour Amsterdam. Il évita la place Scheltema, se rendit directement au Rijksmuseum, étudia, haletant, les tableaux de Vermeer et, devant les couches de peinture claire appliquées en touches striées pour créer des zones d'ombre et de lumière sur la manche bleue d'une femme lisant une lettre, il se persuada, en un seul après-midi exquis, de l'authenticité du butin familial. Quelques jours plus tard, il gagna La Haye. Au Musée royal des peintures du Mauritshuis, sur une toile de Vermeer, il observa des taches de lumière éclatante dans les yeux brun ambré d'une jeune fille au turban bleu et jaune, comme chez son adolescente en train de coudre. Dans les archives municipales à l'odeur de renfermé de Delft, Amsterdam, Leiden et Groningue, Cornelius se plongea dans de vieux documents et déclarations de succession. Il entrevit quelques pistes, mais ne découvrit aucune preuve incontestable. La preuve se trouvait dans les musées : les ressemblances étaient indiscutables. Il rentra chez lui en avion, dissimulant ses certitudes tel un bijou volé.

— C'est bien ça. C'est bien ça, déclara-t-il à son père.

— Je le savais. Il ne pouvait en être autrement, répondit Otto en esquissant un lent sourire.

Ensemble ils examinèrent minutieusement la toile, de nouveau séduits par son charme, mais cet enchantement ne suffit pas à chasser la vérité que Cornelius ne parvenait plus à nier : si la peinture était bien réelle, l'horreur du pillage auquel s'était livré son père aussi. Otto n'avait pu obtenir le tableau autrement. Maintenant que Friederich et sa mère avaient disparu, seules deux personnes au monde connaissaient la vérité, ce qui, en plus des images jumelles qu'elles partageaient en rêve, les contraignait de gré ou de force à une double parenté.

Un jour, Cornelius s'était mis à en parler à

quelqu'un d'autre, sa femme, qui avait ri en apprenant qu'il s'agissait d'un Vermeer. Ri et demandé comment Otto se l'était procuré ; Cornelius n'avait rien pu dire et longtemps après ce rire avait désagréablement retenti à ses oreilles. Par la suite, son épouse avait prétendu qu'il était devenu froid à son égard, et en l'espace d'un an elle l'avait quitté, déclarant qu'il préférait les objets aux gens. Elle n'avait peut-être pas tort, et cette accusation hanta Cornelius, en plus de tout le reste.

Quand Otto eut une attaque et que l'argent de la toile aurait pu lui permettre de s'installer confortablement dans une maison de repos, Cornelius se rongea les sangs. Même une demande de renseignements auprès d'un marchand d'art pouvait conduire jusque chez son père des agents israéliens armés, munis d'une demande d'extradition efficacement négociée par le Centre de documentation juif opérant à travers le monde, ainsi que d'un aller simple pour Jérusalem, offre gracieuse du Mossad. À ce jour, plus d'un millier d'individus avaient été traqués, et pas seulement des commissaires du Reich ou des commandants SS ; Cornelius retourna donc chez son père pour s'occuper de lui.

Enfin, quand ils durent mettre un terme aux après-midi passés à pousser le fauteuil roulant du malade, tout juste baigné et rasé, dans le soleil du jardin, quand la douleur se cramponna malgré les médicaments, Otto murmura des bribes de mots en allemand, langue qu'il avait laissée derrière lui. Dans une pièce imprégnée par l'odeur aigre de la mort, odeur que son père reconnaissait, Cornelius en était convaincu, Otto chuchota : « Apporte le tableau. »

Lorsque tous deux surent que la fin approchait, Cornelius l'entendit murmurer :

— J'ai adhéré uniquement pour avoir l'occasion de nouer des amitiés durables avec des gens en pleine ascension.

Le fils ricana avant de passer une cuillère de glace pilée entre les lèvres desséchées.

— Je n'ai vu que les trains. Je ne savais rien d'autre.

À l'aide d'un mouchoir en papier, Cornelius essuya une petite goutte qui coulait lentement sur le menton de son père et attendit que la respiration, momentanément hésitante, se rétablît.

— Juste chargé du transit. De les envoyer d'une adresse à l'autre. Ce qui se passait à l'autre bout ne me regardait pas.

Bien sûr ! Pour les trains, par ici s'il vous plaît. Attention, madame. Prenez garde à ne pas tomber. Cornelius observa froidement la douleur envahir le front du malade. Comment cet homme avait-il pu mériter de vivre si longtemps ?

— L'idée de m'opposer aux ordres ou de m'y dérober ne m'a jamais traversé l'esprit.

Justement.

Cornelius se disait que son père, tel un serpent en train de muer, faisait de pathétiques efforts pour se débarrasser de sa dépouille de péché, histoire de retrouver à temps son innocence originelle. Mais au cours de la dernière matinée, alors que descendait un brouillard neigeux d'un gris opaque, vint la véritable raison de cette affliction : « Je n'ai jamais atteint un rang élevé. »

Ce qui permit à Cornelius d'enterrer son père à peu de frais. Sans en aviser personne. Ce n'était pas cruel, se disait-il. Appelons cela un acte commémoratif visant à priver le monde du triomphe de son infamie. Mais c'est ce caractère confidentiel qui fit échouer l'entreprise. Cornelius avait fait de son mieux : du vivant de son père, il avait fait ce qu'il pouvait, extirpant le meilleur de lui-même. Personne n'aurait pu dire le contraire. Seul dans ce bureau, assis dans le fauteuil en cuir d'Otto dont la couleur d'ecchymose le frappait maintenant, Cornelius avait lu le testament. Il avait contraint ses yeux à enregistrer chaque ligne au lieu de parcourir rapidement la page jusqu'à constater ce à quoi il s'attendait : la « peinture d'une jeune fille en train de coudre à une fenêtre » lui appartenait.

Maintenant, bien ou mal, qu'importe, la toile était accrochée là. Cornelius sentait sa présence dès qu'il entrait dans la pièce.

En ce dimanche après-midi silencieux, des années après l'enterrement secret de son père et au lendemain de celui de Merrill, Cornelius, assis dans ce même bureau, le sien désormais, lut le compte rendu du procès d'Eichmann en buvant un café accompagné d'un verre de rhum. Derrière la fenêtre, la neige aplanissait ce qui avait été le jardin d'Otto, et de l'autre côté de la ville elle écrasait la tombe fraîchement creusée du doyen. Cornelius leva les yeux, perçut la vie dans le regard de la jeune fille et souhaita – non, désira ardemment – que quelqu'un, Richard, n'importe qui, profitât avec lui de la toile. Non, pas juste n'importe qui. Avec Richard, il n'y avait pas de danger. Il s'y connaissait en peinture mais n'avait aucun lien avec les négociants d'art. Ce même besoin insensé gronda depuis un coin en fusion de son être, ce besoin de dire : « Regardez ce remarquable exploit. Regardez ce Vermeer. Considérez cette splendeur à genoux. »

Il avait au moins ça en commun avec son père. Un jour, des années plus tôt, Otto lui avait passé un appel longue distance après avoir découvert ce qu'il prenait pour un poil de pinceau laissé sur un meneau de la fenêtre. Un poil du pinceau même de Vermeer, ah ! Cornelius aurait dû le montrer à Richard. Pour lever le doute. À un moment donné, il avait cru que Richard, comme son père, jouirait de la toile avec passion.

Ses yeux tombèrent sur la page et s'arrêtèrent sur une phrase du juge : « Le processus d'extermination a constitué une seule opération globale qu'on ne peut découper en actes individuels. » Non. Il n'était pas d'accord. Il songea au petit garçon sans nom ni sépulture, flanqué dehors à coups de pied, qui aurait pu s'amuser avec un jouet en bois durant son ultime matinée de liberté.

Le petit moulin en bois constituait-il une prise, lui aussi ? Un souvenir provenant de quelque malchanceux foyer juif, saisi au bon moment malgré son gond manquant ? Cornelius imagina l'interrogatoire de son père enfermé dans un box vitré : « N'avez-vous pas pris ce moulin à vent au 72 Rijnstraat après être entré

par effraction dans la nuit du 3 septembre 1942 ? »
Le jour de son troisième anniversaire.

Léguée ou pas, la peinture ne lui appartenait pas.

Cesser d'en jouir reviendrait à se repentir au nom de son père. Cornelius déchira des bandes de papier journal, les étala, les mit en boule et les déposa dans l'âtre. Puis le petit bois, en travers, et enfin les bûches coupées en quatre. L'ouverture de la cheminée était tout juste assez large. Il ne s'agissait pas d'une grande toile, Cornelius en était reconnaissant ; ce serait une honte de l'abîmer avec un rasoir.

Il se leva pour décrocher le tableau. En ce dernier après-midi, il allait s'offrir un luxe qu'il ne s'était jamais accordé : effleurer la joue de la jeune fille. Un frisson lui parcourut le corps au moment où les craquelures de l'âge glissèrent sous le bout de ses doigts. Il caressa la joue et s'étonna de ne pas pouvoir saisir le cordon de la coiffe. Puis l'épaule, et fut surpris de ne pas en sentir la rondeur. La poitrine se dessinait à peine. Cornelius s'humecta les lèvres devenues subitement sèches, effleura aussi cet endroit-là, plus délicatement, avec seulement deux doigts et se sentit céder à une énorme vague de compassion et de gêne, comme lorsque, dans l'embrasure d'une porte d'hôpital, on entrevoit une personne à moitié nue.

Là où la jupe fronçait, Cornelius sentit les stries laissées par le pinceau de Jan. Jan. Johannes. Non, Jan. Le prénom familier, le seul adapté à un tel instant. Le pinceau de Jan. Cornelius se dit que ses doigts étaient peut-être trop rugueux pour percevoir la maîtrise du peintre. Il alla dans la salle de bains, se rasa avec un rasoir neuf, se sécha soigneusement la figure et, de retour dans son bureau, penché vers le mur, posa sa joue près de la robe de l'adolescente. Le choc de sa froideur le transperça comme une lame.

Il n'avait pas le droit de faire ça.

Il posa la peinture sur le tapis et alluma le feu. À genoux, il attendit qu'il prenne en imaginant les flammes ramper vers la perle bleu pâle des yeux de la jeune fille. Son expression de regret, douce et intense, calma encore un moment sa main.

S'il retournait le tableau, peut-être en serait-il capable.

Quel égoïsme, se dit-il ; détruire pour sa paix intérieure ce qui à juste titre appartenait au monde entier, une pièce de la mosaïque des beaux arts. Ce serait un geste aussi cruel que n'importe quel acte perpétré par son père.

Non. Rien ne le serait. Il ne s'agissait pas seulement des pillages – voler à l'abri derrière les lignes de combat – ou des expulsions, mais de tout le réseau. Dans le compte rendu du procès d'Eichmann, Cornelius avait lu : « La responsabilité légale de ceux qui mènent la victime à la mort n'est pas moindre, à nos yeux, que celle de ceux qui la tuent », et il avait approuvé.

Maintenant, en attendant que le feu flambe, il lui vint à l'esprit que si le tableau n'était pas un véritable Vermeer – après tout, il n'avait pas de preuve solide –, alors il pouvait le faire, non ? Il pouvait brûler la toile et enterrer cette déplorable affaire, histoire de ne plus avoir les nerfs à vif.

Or, s'il ne s'agissait pas d'une pièce authentique,

l'énormité du crime s'atténuait. Pourquoi alors ne pas profiter du tableau ? Il n'en était pas moins exquis. De nouveau, il observa le profil couleur miel qui ne portait encore aucune marque de cruauté ou de sagesse. La gorge humide de chaleur à cause du soleil qui entrait à flots dans la pièce. L'oisiveté de la main, molle comme la cire. Tellement exquis que ce ne pouvait être qu'un Vermeer. Cette certitude l'avait contraint à la solitude. En regardant la jeune fille, il trouva injuste qu'elle ne pût jamais être reconnue comme une création du maître. Il devait amener Richard à admettre que c'était un Vermeer ; il le ferait, un autre jour. Promis.

Malgré son œuvre, Vermeer se trouvait parmi les morts. Son père et le petit garçon aussi. Les jours de Cornelius, comme les leurs, comme ceux de Merrill, étaient comptés. Il ne vivrait pas éternellement. Il devait savoir que ces années étriquées d'angoisse et de solitude avaient été nécessaires. Il s'était très prudemment organisé, s'interdisant tout ami intime qu'il aurait été naturel d'inviter chez lui ; enseignant les maths, qu'il aimait moins, plutôt que l'histoire, à cause de ce dont il lui aurait fallu débattre ; prenant soin de se comporter comme les gens de n'importe quelle race ou religion ; faisant disparaître tout ce qui, en lui, pourrait être considéré comme cruel, inflexible ou allemand – et voilà ce besoin bouillonnant qui menaçait de casser la coquille de ce moi scrupuleusement construit. Son seul véritable désir – être cru – contrastait violemment avec sa plus grande crainte – être lié par le sang à la suprême cruauté du siècle. Son père disparu, il devait prendre le risque de la révélation pour le pur plaisir de se délecter avec un autre dans la luminescence de l'œil adolescent. Se délecter un jour, et puis se libérer. Promis.

Mais Richard n'y croyait toujours pas. La veille au soir, il était parti en déclarant : « Authentique ou pas, c'est une œuvre extraordinaire. » Œuvre extraordinaire, œuvre extraordinaire. Ça ne suffisait pas. Cette ville contenait des centaines d'œuvres extraordinaires. Mais celle-ci était bien un Vermeer. Seule la reconnaissance de ce fait par son collègue serait de nature à le conforter. Il devait trouver quelque bonne raison d'avoir vécu ainsi. Le fait que ses souffrances pussent être injustifiées lui évoquait une voix capable de le tirer d'un rêve, mais le rêve se cramponnait, comme chez un enfant réveillé et en larmes, et Cornelius refusait d'y renoncer.

Richard avait admiré l'œuvre. Peut-être s'en était-il fallu d'un poil de pinceau qu'il y crût. Le soulagement qu'avait éprouvé Cornelius à partager son secret avec quelqu'un qui n'avait pas ri était enivrant. Il n'aurait su dire pourquoi il ne l'avait pas fait plus tôt. Il avait perdu des années sous l'emprise d'un grippe-sou, à protéger un père qui n'avait protégé personne. Cornelius voulait plus. Pour la première fois, il se vit en train de tout raconter, l'histoire et le rôle joué par son père, pour que Richard y crût, le lui raconter, le regard brûlant, là, devant la toile ; alors, Cornelius ne mourrait pas. Il ne mourrait pas de honte.

Tandis que le feu se réduisait en braises, il ne cessa de se répéter : « Je ne vais pas mourir. »

La toile m'attachait à Cornelius par un lien étrange, irrésistible mais bâtard, de sorte que lorsque je le voyais le matin dans la salle du courrier de l'école, le souvenir de cette curieuse soirée, de ses non-dits et la tenace insistance de Cornelius me troublaient encore. J'avais l'impression qu'il m'avait tiré doucement par la manche et donné l'ordre de le suivre dans un dangereux océan capable de se soulever également contre moi.

Nous utilisions un langage codé. Un jour, je lui demandai, non pour l'aiguillonner mais d'un point de vue strictement esthétique :

— Apprécieriez-vous moins le tableau si vous appreniez que ce n'est pas un Vermeer ?

— Mais c'en est un.

— D'accord, mais imaginez le contraire.

— Inutile. Je sais ce que je dis.

Cette fate assurance m'agaça.

J'avais la nette impression que Cornelius ne se sentait pas à l'aise dans le monde et je savais que la peinture y était pour quelque chose. Je lus un peu, discutai avec mon ami historien d'art et un vendredi après-midi, sur le parking de l'école, je demandai à Cornelius :

— Saviez-vous qu'un peintre hollandais du nom de Van Meegeren a fait de faux Vermeer dans les années trente ?

Mon collègue resta figé sur place près de sa voiture.

— ... qui avaient l'air authentiques au point que les critiques d'art et les conservateurs de musées y crurent ?

— Oui, j'étais au courant, me répondit-il en se redressant avec raideur.

— Et savez-vous comment on a découvert tout cela ? L'homme avait vendu certaines toiles à ce nazi, Goering, alors le gouvernement hollandais l'a arrêté pour trahison – il avait collaboré avec l'ennemi et permis que des maîtres hollandais sortent du pays et se retrouvent dans les mains du Reichstag. Et il a avoué.

Cornelius darda son regard sur sa main, qui cherchait fébrilement la serrure. Son tremblement me convainquit d'être, par inadvertance, tombé sur quelque chose. Peut-être savait-il depuis le début qu'il ne s'agissait que d'un Van Meegeren et tentait-il de me duper ou de me vendre la toile à un prix exorbitant. Un ami aurait pu laisser passer ; mais nous étions de simples collègues, tous deux – mathématicien ou artiste – ardents défenseurs de la vérité.

— Si vous n'y voyez pas d'inconvénient, j'aimerais revoir le tableau.

— Quand vous voulez, me répondit-il le plus cordialement du monde en s'apprêtant à monter dans sa voiture.

— Maintenant, ça vous va ?

— Rien de tel que le présent, déclara-t-il après s'être immobilisé un instant, comme pour se ressaisir.

À la lumière du jour, la peinture était encore plus admirable que dans mon souvenir. En transe, je m'enfonçai dans le fauteuil. Le lustre du verre de lait brillant comme une perle me convainquit – ce n'était pas la touche d'un copiste –, mais la fatuité de

Cornelius au cours des semaines précédentes me fit m'entêter.

Il ne restait pourtant aucune trace de cette suffisance. Seul demeurait l'intense plaisir causé par la toile. Avec amour, Cornelius étudia longuement le tableau, révélant les recoins de son cœur, ce que son déluge de mots m'avait auparavant empêché de remarquer. Si un homme a jamais aimé une œuvre d'art, c'était bien Cornelius. Son visage rayonnait comme un pèlerin en adoration devant l'icône de son Dieu.

— J'aimerais y croire. Non pas que je veuille réduire vos convictions à néant. Mais il reste un énorme problème.

— Lequel ?

— Cornelius, nous sommes tous deux enseignants. Nos parents n'étaient pas millionnaires. À moins de me dire par quel biais votre père s'est procuré cette toile, je ne vois pas comment…

Son visage perdit tout éclat.

Je laissai mon allusion en suspens et bus une petite gorgée de la bière qu'il m'avait apportée. Il finit la sienne d'un trait long et pensif puis, après avoir reposé la bouteille, il s'y cramponna comme pour s'ancrer. J'attendis.

— J'ai grandi à Duisburg, près de la frontière néerlandaise…, commença-t-il.

Et il me raconta son enfance, le visage rivé sur la jeune fille afin de tirer de la force de son calme, eût-on dit.

— Un jour, après un cours d'histoire au lycée qui m'avait donné des sueurs froides, j'ai demandé à mon père, bien que ma mère me l'eût solennellement interdit : « Qu'est-ce que tu as fait pendant la guerre ? » Il s'est contenté de répondre : « J'ai bossé à Amsterdam. » Comme si c'était un travail. « D'accord, mais tu faisais quoi ? J'ai le droit de savoir. » Tout son corps s'est immobilisé, jusqu'à l'extrémité de ses doigts, comme s'il sentait les premières secousses d'un tremblement de terre. Et il a déclaré : « Je les ai conduits aux trains. »

Cornelius s'est alors tourné vers moi.

— Il m'emmenait au Yankee Stadium. Me gardait la main au chaud dans sa poche. Plantait des jonquilles pour ma mère. Si j'avais pu pleurer, s'il ne m'avait pas appris à retenir mes larmes… À partir de là, je l'ai regardé autrement.

Lorsque Cornelius me parla du petit garçon caché à l'intérieur du buffet, son regard devint vitreux tel du verre fondu, et il y eut une certaine dureté dans sa voix lorsqu'il évoqua la disparition du service à thé. Quand il me dit qu'il avait essayé de brûler la toile, tout son corps trembla, puis il s'effondra sur son bureau, épuisé.

C'était pire, cent fois pire que ce que j'avais imaginé. Qu'il ait tenté de détruire le tableau, je pouvais à peine y croire. Qu'il pense qu'un tel geste puisse le racheter m'écœurait. Malgré la souffrance de cet homme, je ne trouvai pas en moi – et fus désolé de le découvrir – le moindre sentiment de bonté ou d'humanité à son égard.

Les deux mains agrippées au bord de son bureau, Cornelius se pencha vers moi, le front torturé de sillons au-dessus du nez recourbé.

— Vous ne le direz pas aux autres à l'école, hein ? Voyez-vous, maintenant que vous… maintenant qu'une personne constate son authenticité, tout cela prend un sens, vous ne croyez pas ?

Comme tirée par un fil, sa lèvre supérieure se tordit de manière repoussante. La raison pour laquelle il m'avait choisi me devint alors évidente. Il pensait qu'un artiste pouvait pardonner, par respect et admiration pour l'œuvre, et que si je pardonnais, la peinture pourrait vivre.

— Qu'est devenu le petit garçon ?

Un instant, il balbutia, incapable de mettre en mots ce qu'aucun de nous n'ignorait.

— Vous savez ce qu'on dit, Cornelius. Une bonne combustion en appelle une autre.

Je le laissai là, le dos voûté, jetai encore un regard au tableau, conscient que c'était le dernier, et ne parvins pas à m'en aller suffisamment vite. Pauvre imbécile, se gâcher la vie pour un bout de toile barbouillé de pâte minérale, pour un faux ! ai-je dû me dire, une simple curiosité.

Maintenant, avec cet acte à accomplir, comment, lundi matin, allait-il m'affronter, comment allais-je l'affronter, je l'ignorais.

## Une nuit différente de toutes les autres nuits

LA VEILLE, Hannah Vredenburg et son jeune frère Tobias avaient regardé leur père lâcher les pigeons de son associé et les laisser repartir chez eux à Anvers. Ménageant une pause entre deux oiseaux pour plus de sûreté, il les avait fait sortir du pigeonnier du grenier par un petit matin brumeux afin d'éviter qu'un policier soit témoin de la scène et note le numéro de la maison. Le décret pris contre les Juifs d'Amsterdam élevant des pigeons – que ce soit les leurs ou ceux de quelqu'un d'autre – datait de huit mois, et la jeune fille comprenait qu'il devenait très dangereux de désobéir. Les remettre si tard à la police allemande, comme l'avait ordonné le décret, aurait des répercussions.

— Vite, Hannah, avant que Tobias ne monte, lui avait dit son père en lui tendant le papier et le crayon, car ses mains tremblaient trop pour écrire. Voilà, écris ça. Écris petit.

Le message devait être placé dans le minuscule godet attaché au dernier pigeon. Marquant une pause entre les phrases, l'homme murmura :

— « Tue mes pigeons. Je ne peux pas te demander de les nourrir éternellement. Ne mets pas ta vie en danger et ne les relâche pas, mais laisse-les d'abord se rassasier. Léo, aux ailes bordées de pourpre, aime les lentilles par-dessus tout. Henriette, la femelle rayée de bleu, adore qu'on lui frotte la tête. Ce sera mon dernier message en attendant que ça se termine, s'il plaît à Dieu. Nous allons bien. Puissiez-vous être en sécurité. »

Le dernier ! À l'instant précis où l'adolescente serrait les cinq derniers mots sur le petit bout de papier, elle sentit son cœur s'affoler contre les parois de sa cage thoracique.

— Je mets ton nom ?

— Non.

La jeune fille plia le message au moment même où son frère, en pyjama, grimpait à l'échelle.

Leur père prit les pigeons l'un après l'autre, les tint délicatement afin que Tobias puisse les caresser une ultime fois, plaça ses mains en coupe sous leur ventre, balança les bras en l'air et les lâcha. Hannah lui tendit le papier, qu'il glissa dans le godet du dernier oiseau. Elle regarda leur père embrasser la nuque du pigeon – il avait fermé les yeux un court instant – puis le lancer vers le ciel.

La jeune fille observa ce dernier battement d'ailes libre alors que l'oiseau s'élevait au-dessus des toits pointus en direction de sa maison anversoise. Une fuite qui n'en était pas une. Anvers, Amsterdam – quelle différence ?

Le lendemain, en rentrant de l'école, Hannah aperçut Henriette, Léo et les deux autres pigeons de la famille voler sous les pignons et faire le tour du toit en donnant des coups de bec pour tenter d'entrer chez eux. La jeune fille sentit le souffle lui manquer et ne laisser place qu'aux ténèbres : le message était arrivé trop tard. L'associé de son père avait déjà relâché leurs oiseaux. Elle se précipita à l'intérieur, monta l'échelle et les fit entrer dans le pigeonnier. Les messages dont ils étaient porteurs parlaient de la prise de contrôle du commerce du diamant par les Allemands. Un frisson lui parcourut les doigts, puis la gorge, lorsqu'elle retira les godets. Aussitôt, elle sut ce qu'il fallait faire. Ce n'était qu'une question de temps. Combien lui en restait-il avant que Tobias ne s'en rende compte lui aussi ?

Ce soir-là, elle resta debout sur l'échelle à fixer le pigeonnier tandis que son père, assis en tailleur, fredonnait à l'intention de Tobias et des pigeons :

— Léo. Léo. Quel oiseau ! Un oiseau capable de porter une pierre de deux carats dans son godet sans que ça lui pèse jamais. N'oublie pas sa loyauté, Toby.

La jeune fille se mit à pleurer en se cramponnant au dernier barreau pour s'empêcher d'émettre le moindre son. Ces paroles allaient peut-être révéler à son frère l'inéluctable. On ne lui aurait pas demandé de se souvenir de Léo si le pigeon avait dû rester en vie. Elle observa Tobias qui sonda un temps le visage de leur père. Puis l'enfant recommença à caresser le ventre aux plumes grises des pigeons et à leur donner de l'orge dans le creux de la main. Mais il ne gloussa pas comme à son habitude quand les doigts roses de Léo lui chatouillèrent le bras. Hannah redescendit sans un bruit.

Quelle horreur de se dire qu'on ne pouvait pas simplement les relâcher. Ça cadrerait bien avec la Pâque mais cette liberté désorienterait les pigeons, songea l'adolescente, et ils seraient effrayés à l'idée de devoir trouver de la nourriture dans Amsterdam Zuid. Ils en seraient réduits à donner des coups de bec au pignon du toit pour rentrer dans le pigeonnier. Alors s'imposerait le fait qu'ils habitaient cette maison.

Le lendemain matin, au petit déjeuner, Hannah demanda :

— C'est pour aujourd'hui ?

— Bientôt, répondit son père, qui, avec douceur, posa un instant sa grosse main derrière la tête de sa fille.

Toute la maisonnée attendait, le souffle coupé, tandis que la Pâque approchait, cette nuit différente de toutes les autres nuits. Mère et grand-mère Hilde avaient nettoyé les meubles de rangement de la cuisine, le garde-manger, le four, le réfrigérateur ; elles étaient en train de laver les étagères du buffet et de ranger le service à thé en argent afin de faire de la place pour la vaisselle pascale. Assise, l'adolescente examinait la peinture accrochée au-dessus du buffet. La toile représentait une fille de son âge en train de regarder par le fenêtre et de coudre. Sa façon de se pencher en avant, l'air absorbé, et son regard plein de regret envoûtaient Hannah dès qu'elle y jetait un coup d'œil. La jeune fille ne travaillait pas, du moins pas à ce moment-là. Elle avait les mains molles, les boutons, sur la table, pareils à des perles plates, n'étaient pas encore cousus car ce qui occupait son esprit comptait davantage. Hannah comprenait cela.

Son père avait acheté la toile lors d'une balade faite rien qu'eux deux, environ deux ans plus tôt – en 1940, juste avant son onzième anniversaire. Il assistait aux réunions du *Comite voor Joodsche Vluchtelingen* – des réfugiés juifs d'origine allemande – au Rotterdam Café, non loin de la Bourse aux diamants, et ce jour-là il avait emmené Hannah à une vente aux enchères où peintures, vases, bijoux et tapis d'Orient offerts par certaines familles seraient acquis par d'autres afin de collecter des fonds au profit des réfugiés. Il ne fallait surtout pas que les Juifs pauvres soient à la charge du gouvernement, avait déclaré son père. Au moment de la mise aux enchères du tableau, Hannah eut le souffle coupé. Sur la toile, le visage rayonnait presque, les yeux bleus, les joues, les coins de la bouche, parfaitement lisses et brillants, et la lumière qui traversait l'espace entre les deux jeunes filles tombait directement sur elle, Hannah. L'adolescente du tableau avait l'air plus réelle que les gens dans la salle.

Quand son père fit une offre, Hannah, stupéfaite, retint sa respiration. Il surenchérit. Lorsque l'enchère dépassa 200 florins, il empoigna la main de sa fille ; au-dessus de 300, elle serra la sienne. Plus les enchères montaient, plus Hannah serrait fort, et au moment de l'adjudication de la peinture à son père elle cria : « Papa ! » et ne lui lâcha pas la main une seconde sur le trajet du retour. Qu'il ait acheté cette toile semblait l'honorer : Hannah eut l'impression d'avoir de la valeur.

Dès l'instant où ils étaient entrés dans la maison avec le tableau encore emballé, sa mère s'était redressée, ses yeux passant de l'un à l'autre comme si elle avait deviné que quelque chose d'important s'était produit. Hannah se souvint de s'être sentie grisée en traversant les pièces à la recherche d'un endroit pour le tableau, jusqu'à ce qu'elle choisisse la salle à manger, au-dessus du buffet. Elle avait déballé la toile, l'avait levée. « Regarde, Mamela, n'est-ce pas ravissant ? » Ce soir-là, l'adolescente était restée assise, droite comme un I, à la table de la salle à manger, là même où elle se trouvait maintenant, et s'était couchée la dernière.

Tobias traversa le vestibule en tenant dans sa main une jeune feuille :

— Hannah, regarde. Sur ce bord-ci il y a vingt-quatre pointes mais seulement vingt-deux sur celui-là. Pourquoi ?

À neuf ans, Tobias se posait mille questions. Il adorait les toiles d'araignée et le chant du grillon, collectionnait les papillons de nuit et les scarabées, avait une petite tortue verte, un lapin prénommé Elijah et un carnet dans lequel il notait ses observations sur la nature. Dans son esprit, les quatre années qui le séparaient de sa sœur faisaient d'elle quelqu'un de bien informé, mais Hannah ne savait jamais quoi dire. Elle ne pouvait mettre autant de passion dans ses réponses que lui dans ses questions. « Je ne sais pas,

Toby. Il faut croire que certaines choses sont différentes. »

Au même moment, Édith demanda à l'enfant de débarrasser le pigeonnier du *hamets*, ces graines capables de fermenter sous l'effet de l'humidité – orge, pois, lentilles. Éliminer toute trace de levain chez soi lors de la Pâque représentait un acte commémoratif. En guise de nourriture de substitution pour les oiseaux, elle donna à son fils deux ou trois épluchures séchées des pommes de terre qui lui servaient désormais à faire la soupe.

En ce bref moment de silence où seuls parvenaient à Hannah le roucoulement des pigeons résonnant dans le conduit d'aération et le bruit du chiffon humide que sa mère faisait glisser sur une étagère, l'adolescente vit une expression d'hébétude envahir le visage de son frère. Tobias fixa les épluchures qu'il avait dans la main puis leva les yeux vers elle.

— Que vont-ils manger demain ? demanda-t-il.

Encore une question à laquelle elle se sentait incapable de répondre.

Les yeux de Tobias s'assombrirent, son front lisse se rida et, l'espace d'un instant, Hannah se l'imagina vieux. Il comprend que les épluchures sont purement symboliques, pensa-t-elle. Si Tobias refusait de voir souffrir les pigeons, il allait falloir agir vite. La jeune fille vit le trouble s'abattre sur les épaules de son frère et passer dans son regard. Elle voulut lui passer un bras autour du cou. Il s'écarta. En sanglotant, il traversa le couloir et grimpa tant bien que mal l'échelle menant au grenier. Hannah sentit quelque chose d'indéfinissable lui étreindre le cœur.

Dès le départ de Tobias, Hilde dit à leur mère : « C'est terrible de faire pleurer un enfant comme ça. » Chaque fois qu'une personne quittait la pièce, l'aïeule trouvait toujours quelque chose à dire à son sujet. Pour souligner ses paroles, elle fit tambouriner ses ongles sur le buffet.

— Hannah n'a qu'à nettoyer le pigeonnier.

— Hilde, il adore ces oiseaux. Laissons-le demeurer auprès d'eux. Laissons-le avoir du chagrin. Cette année, il va comprendre le récit de la Pâque.

Leur mère s'attaqua résolument aux étagères du buffet. De fait, elle semblait tout frotter avec une énergie redoublée. Incroyable qu'elle puisse continuer ainsi à nettoyer.

Hilde se retourna brusquement vers l'adolescente en postillonnant :

— Pourquoi n'aides-tu pas ta maman ?

La jeune fille haussa les épaules et balança devant le chat de Toby une boule de papier suspendue à une ficelle. Plonger l'argenterie dans l'eau bouillante, nettoyer, cuisiner, rien de tout cela ne l'intéressait plus.

— Ce n'est pas une réponse.

— Je n'en ai pas envie.

— Pas envie. Ça signifie quoi ? Tu le fais, c'est tout.

— Chacun en fait un peu, Hannah. Tu veux bien aider à faire bouillir les ustensiles de cuisine ? lui demanda sa mère.

— Tout le monde travaille, ajouta Hilde. C'est ça la vie. Travailler, jouer un peu, prier beaucoup. Tu sais, ton arrière-grand-mère Etty faisait tourner la roue motrice. Pour actionner le polissoir de son mari, elle a poussé la manivelle pendant trente ans, jusqu'à creuser progressivement un cercle dans le sol. Elle a travaillé sans se plaindre jusqu'en 1867, date à laquelle elle a été…

— … remplacée par un cheval. Je sais. Tu me l'as raconté la dernière fois que tu es venue.

— Et alors ? Aider ta maman n'est rien en comparaison. Tu veux te marier, non ? Il faut que tu apprennes à faire ces choses-là. À moins que tu ne souhaites finir vieille fille et travailler dans un atelier où on t'exploitera. Édith me dit que tu n'apprends pas non plus tes leçons. Que tu n'aimes pas l'école. Inimaginable. Tu veux revenir à la manivelle ?

Hannah haussa de nouveau les épaules. Ce ne serait pas si terrible. Si on lui fichait la paix.

— Pourquoi crois-tu qu'on ait travaillé si dur toutes ces années ? Pour que tu deviennes fabricante de cigares ? colporteuse ? Tu sais, c'est ce qui attend les Juifs qui ne triment pas.

L'adolescente examina les mules de laine grise de son aïeule, pointées sur elle tels deux rats sans queue.

— Ton père, c'est la première génération d'hommes à être diamantaires et non pas polisseurs. Ça ne compte pas pour toi ?

Du coin de l'œil, Hannah vit sa mère avoir un mouvement de recul.

— Tu veux bien au moins aller chez l'épicier acheter l'œuf et le persil ? lui demanda Édith. Sal Meyer m'a mis un os de jarret de côté. Il fait beau. Les tilleuls dans Scheldestraat doivent déjà avoir de jeunes feuilles. Coiffe-toi et vas-y.

Sans un mot, Hannah enfila son pull bordeaux effiloché avec sa nouvelle étoile empesée, mais elle traîna tellement après que sa mère lui eut donné l'argent que Hilde, mue par un sentiment de juste indignation, se leva, ses yeux courroucés passant de Hannah à Édith avant de se poser de nouveau sur l'adolescente. L'espace d'un instant, la jeune fille osa lancer à l'aïeule un regard furieux puis elle pénétra dans le vestibule et laissa la porte entrebâillée pour écouter.

Hilde n'attendit que quelques secondes :

— Cette fille ! Elle ne travaille jamais. Elle ne parle jamais. Tu arrives à la faire parler ?

— Comment ? Expliquez-moi. Je suis sûre que vous savez.

— Elle n'a pas de centre d'intérêt. Pas d'amis. Hier soir, je lui ai demandé ce qu'elle avait fait cet hiver et elle m'a répondu : « Rien. » Pense-t-elle seulement ?

— Hilde, ne soyez pas cruelle. On ne sait peut-être jamais ce qu'elle pense mais elle pense, sans aucun doute.

— Tu devrais la faire participer.

— Vous croyez que je peux la changer parce que je suis sa mère ? Vous êtes sa grand-mère. Essayez vous-même. Elle est ce qu'elle est.

— Paresseuse et apathique.

— À son âge, vous n'avez jamais eu envie de rester simplement assise à réfléchir, j'imagine ? Vous croyez que je ne me demande pas, avant que par bonheur le sommeil m'emporte, ce que j'ai fait ou oublié de faire pour la rendre ainsi ? Ce que j'ai omis de lui dire un jour qui était décisif pour elle sans que je le sache ?

Dites-moi, Hilde, comment ne l'ai-je pas assez aimée ? Dites-le-moi.

Hannah en eut le souffle coupé. Elle écailla la peinture du chambranle de la porte.

— Tout ce que je sais, Édith, c'est que tu dois faire quelque chose ou elle n'aura pas la force. Pourquoi la laisser être aussi renfrognée ?

— La laisser ? Vous croyez que, toutes les nuits, je ne m'inquiète pas de constater qu'elle ne désire rien avec assez de force ? Vous croyez que je ne sais pas ce que cela signifie aujourd'hui ?

Hannah fit demi-tour, sortit et claqua la porte de la maison assez fort pour que les deux femmes l'entendent. Elle s'en fichait.

C'était faux. Elle avait bien des désirs. C'est-à-dire qu'elle voulait désirer des choses, les aimer, même, comme Toby aimait chaque créature vivante. Mais elle ignorait lesquelles. Aujourd'hui, on ne pouvait absolument pas y songer. Ça semblait fou de vouloir quoi que ce soit.

Elle avait bien eu une amie. Marie.

L'année précédente, Marie n'avait cessé de lui passer des petits mots. Le dernier informait Hannah qu'elle ne pourrait pas aller se promener avec elle après l'école parce qu'elle devait garder son petit frère, mais le lendemain elles ne s'étaient pas non plus promenées ensemble et ne l'avaient plus jamais fait. Désormais, les deux adolescentes fréquentaient des écoles différentes et une fois, quand Hannah avait aperçu Marie dans une rue hors de Rivierenbuurt, le quartier des rivières, celle-ci avait fait semblant de ne pas reconnaître son ancienne camarade. Aujourd'hui,

Hannah ne quittait plus ce quartier : elle ne voulait plus rencontrer Marie ni revivre cet instant-là. Elle aussi prenait certaines choses à cœur.

Au moins, sa mère la défendait. Un peu. Sauf lorsqu'elle avait parlé de ce qui rendait sa fille comme ça. Comme si quelque chose clochait chez elle. Que lui manquait-il ?

L'adolescente laissa échapper un long et profond soupir. Elle eut envie de se moucher mais, n'ayant pas de mouchoir, elle se contenta de renifler et de s'essuyer le nez avec la main.

Les tilleuls avaient effectivement de jeunes feuilles qui s'ouvraient à peine. Pour quoi ? se demanda-t-elle. Sur le trottoir, elle donna un coup de pied dans un caillou puis vit deux officiers allemands avancer dans l'autre sens. Pendant quelques secondes, l'univers entier s'arrêta, sauf le caillou, qui roula bruyamment en direction d'une grande botte noire. Le cœur de la jeune fille se glaça. Elle mouilla sa culotte. Les hommes, qui parlaient fort, ne semblèrent pas remarquer le caillou, ni même Hannah. Ils ne manifestèrent nulle intention de lui faire de la place sur l'étroit trottoir. Au dernier moment, elle descendit sur la chaussée afin de les laisser passer et se tordit la cheville.

Il se passait des choses plus importantes que les préparatifs de la Pâque. Au-delà de la lueur des bougies, il se passait quelque chose. Rien n'était plus pareil. Hilde se comportait comme si on vivait à l'époque de l'arrière-grand-mère Etty.

Mais pas son père. Il savait. Ce qui expliquait peut-être qu'il fût plus gentil avec elle. Hannah avait conscience de le mettre hors de lui quand elle n'apprenait pas ses leçons mais le jour du sabbat, l'après-midi venu, il n'y pensait plus. Il faisait de grandes promenades avec elle, laissant Toby et sa volubilité à la maison ; tous deux longeaient les canaux du quartier et il lui achetait un cornichon à la cuve en bois située au coin de Vrijheidslaan et Vechtstraat, ou bien il l'emmenait prendre une glace chez Koco. Ou écouter un concert à Plantage Middelaan le dimanche, ou encore visiter le Rijksmuseum. Et, lors de cette extraordinaire journée, assister à une vente aux enchères. Tout en marchant, pour l'inciter à s'exprimer, son père lui posait des questions sur ses camarades de classe, ses cours. Un jour, elle avait essayé de lui parler de Marie mais les mots lui avaient manqué. Après leurs promenades, il avait toujours l'air épuisé et laissait tomber ses chaussures par terre dans la chambre en déclarant – une fois, l'adolescente l'avait entendu : « Peut-être en léger progrès, Édith. »

Maintenant, elle comprenait ce qui lui faisait aimer la jeune fille du tableau. C'était son silence. Après tout, une peinture ne peut pas parler. Hannah avait pourtant l'impression que cette fille, qui restait assise dans une pièce mais regardait dehors, était certainement silencieuse de nature, comme elle. Mais ça ne signifiait pas que la jeune fille n'avait aucun désir, comme sa mère l'avait prétendu. Son visage révélait à Hannah qu'elle désirait quelque chose de trop intense ou de trop lointain pour jamais oser en dire un mot, mais qu'elle y réfléchissait, là, près de la fenêtre. Et elle ne se contentait pas de désirer. Elle était capable d'entreprendre de grandes choses, extravagantes et tendres. Oui, oh oui.

L'adolescente fit les courses en traînant ; elle ne voulait pas rentrer directement à la maison. Chez les épiciers, il y avait une queue jusque dans la rue même si les rayons étaient moins fournis que la semaine précédente. Après être allée dans quatre boutiques, la jeune fille sortit sur le boulevard.

Alors elle les vit.

Une autre famille d'étoiles jaunes portant des valises, à qui on faisait descendre Scheldestraat.

Destination Westerbork. Ce sale endroit.

Pourquoi eux ? se demanda Hannah.

Lorsqu'ils passèrent, un petit garçon posa brièvement sur elle des yeux terrorisés. Hannah baissa la tête et continua d'avancer. Une douleur lui transperçait la poitrine. En faisant semblant de ne pas voir, elle avait l'impression de trahir, comme Marie. Elle tourna sur Rijnstraat et rentra si précipitamment chez elle qu'elle eut un point de côté.

Sans le faire exprès, elle laissa la porte claquer en entrant.

— Pas de persil, alors j'ai pris du céleri, mais pas d'œuf, nulle part.

— Pas d'œuf ? Tu es allée chez Ivansteen ? lui demanda sa mère.

— Et dans trois autres endroits sur Scheldestraat.

— Qu'allons-nous faire ? Ces pauvres réfugiés sans foyer qui viennent chez nous, et pas même un plat du *Séder* qui soit complet.

— Ça n'a pas grande importance. Et dans quelque temps, ça n'en aura plus du tout.

— Hannah ! Ne dis jamais ça. Que je ne t'entende plus jamais dire ça.

— Que s'est-il passé ? demanda Hilde en lui prenant l'os de jarret des mains pour l'examiner. Que s'est-il passé dans la rue ?

L'adolescente flanqua la branche de céleri sur la paillasse de l'évier et fit demi-tour pour s'en aller.

— Rien, Oma, répondit-elle.

— Qu'est-ce que tu as vu dehors ? insista l'aïeule en la suivant.

— Rien. Juste des enfants qui s'élançaient des vérandas avec un parapluie ouvert. Pour jouer aux parachutistes. Ils le font dès qu'ils entendent des avions. Vous n'avez pas remarqué ?

La jeune fille observa Hilde et sa mère qui se regardaient, perplexes. Non, bien sûr qu'elles n'avaient pas remarqué.

Cette nuit-là, dans la maison aux lumières éteintes, après que ses parents eurent caché dix morceaux de *hamets* dans la maison, Tobias entreprit la dernière fouille rituelle à la lueur des bougies. À l'aide d'une plume, il recueillit les miettes dans une cuillère en bois avec un sérieux que sa sœur ne se rappelait pas lui avoir vu les années précédentes, quand ça tenait davantage du jeu.

— Où as-tu trouvé la plume, Toby ? lui demanda-t-elle.

L'enfant la brandit, la fit tournoyer.

— C'était à Léo. Regarde comme elle est pourpre sur le bord. Et plus large d'un côté que de l'autre. Elle m'est restée dans la main lorsque je tenais Léo. Je ne l'ai pas fait exprès.

Non. Toby serait incapable de faire du mal aux pigeons.

Leur père déposa les miettes, la plume et la cuillère dans un sac en papier qui serait brûlé le lendemain matin. Une fois son frère couché, quand elle le crut endormi, Hannah écarta le rideau qui servait de séparation dans leur chambre et l'observa un moment. Le petit garçon dans la rue avait les mêmes cheveux bouclés que Toby. En se penchant pour ramener la couverture sur l'enfant, elle respira l'innocente odeur – lapin, crayon de couleur, pigeon.

Avant le petit déjeuner, toute la famille se réunit sur la véranda ; le père gratta une allumette et la rapprocha du bord du sac.

— À deux endroits, Sol, observa Hilde. Pour que ça brûle bien.

Hannah regarda le bord noirci s'étendre lentement le long du sac en diagonale, comme la première ligne d'une armée, se dit-elle ; il entraîna derrière lui un muret de flammes orange puis toucha l'autre bord noirci venu à sa rencontre. La mer Rouge se refermant au lieu de s'ouvrir. La cuillère en bois finit par se transformer en un os calciné entouré de braises mourantes sur les briques de la véranda. Hannah le piétina.

Dans l'après-midi, son père partit se promener avec Toby ; la jeune fille ignorait où, mais elle savait qu'ils finiraient au Rotterdam Café et ramèneraient pour le repas du *Séder* deux des familles de réfugiés vivant à l'étage.

À part le bruit lent et rythmé d'Édith pilant les noix du *haroset* et le roucoulement des pigeons dans le conduit d'aération, la maison était silencieuse. Tout était quasiment prêt en vue de la fête prévue au coucher du soleil, et Hannah eut l'impression que les pièces respiraient l'attente comme avant une mort ou une naissance. Elle y réfléchit quelque temps puis, assise à la table du dîner, de profil sur la chaise de son père, elle sentit cette attente s'installer et tripota d'une manière distraite le bord festonné de la nappe blanche.

Hilde enfonça deux bougies dans les chandeliers en argent, disposa la cuvette et le broc en faïence de Delft sur le buffet pour l'ablution des mains, épousseta une dernière fois le bas-relief du meuble et passa un rapide coup de chiffon sur le bord inférieur de l'encadrement du tableau.

— Tu sais ce qu'elle regarde par la fenêtre, hein ? Son futur mari.

Évidemment, il faut qu'elle croie ça, se dit Hannah.

— Et d'après toi ? lui demanda sa mère depuis la porte de la cuisine.

— Des pigeons. Juste des pigeons.

— Des pigeons ? Qu'est-ce que tu veux dire ? s'écria Hilde.

— Je veux dire que peu importe ce qu'elle regarde. Ou ce qu'elle fait ou ne fait pas, rétorqua Hannah en regardant son aïeule droit dans les yeux. La seule chose qui compte, c'est qu'elle pense.

— C'est pour cette raison que tu l'aimes ? demanda sa mère, surprise.

— Et parce que je la connais.

La jeune fille se leva, traversa le couloir et grimpa l'échelle du grenier. Léo, assoupi, se trouvait le plus près. Elle l'empoigna en premier et, au milieu d'un battement d'ailes désespéré, lui tordit le cou jusqu'à ce que la tension se relâche sous ses doigts. Le cri rauque des autres pigeons résonna dans ses oreilles. Elle fit un brusque mouvement en avant pour attraper Henriette et s'écorcha le genou. Deux, trois, quatre, chaque fois ce petit bruit sec et doux sous les plumes.

Hannah retraversa le couloir en regardant fixement devant elle. Ses mains tremblaient tellement que sa mère le remarqua. L'adolescente baissa les yeux et aperçut un petit bout de plume sous l'ongle de son index, un minuscule fragment de duvet gris provenant du ventre des oiseaux. Elle l'enleva d'une chiquenaude. Apparemment incapables de faire un mouvement, les deux femmes la regardaient bouche bée. Les lèvres pincées de l'aïeule ressemblaient à une plaie cramoisie.

— Va te laver les mains, murmura sa mère.

Hannah fit demi-tour, se prit le pied dans le tapis du couloir et se précipita dans la salle de bains. Elle entendit la voix de sa mère :

— Attention ! On est chez votre fils, vous ne direz rien, Hilde. Rien.

Hannah fit couler l'eau. Elle ne voulait pas entendre la suite. La jeune fille se lava les avant-bras et le genou écorché. Au bout de quelque temps, elle se glissa dans sa chambre et s'allongea sur son lit. Quand, par le conduit d'aération, elle entendit sa mère balayer le pigeonnier, elle sentit un filet humide glisser vers sa tempe. Elle attendit le bruit du pilage du *haroset*. Puis changea de robe et se donna un bon coup de brosse dans les cheveux.

Lorsque son père et Toby rentrèrent, Hannah fut incapable de les regarder en face. Les deux familles allemandes, qui ne savaient pas où se mettre, se sentaient gênées. Un garçon plus jeune que Toby se cramponnait à son père sans prononcer un mot. Édith demanda à Toby de présenter à l'aïeule chaque invité, de distribuer les exemplaires de la Hagadah et d'apporter à son père le *kittel* blanc pour qu'il le mette. Elle le pria de disposer sur le plat du *Séder* la branche de céleri, l'os de jarret, le *haroset*, une racine desséchée de raifort, une petite pomme de terre épluchée et amincie à une extrémité pour ressembler à un œuf, puis de guetter sur la véranda le coucher du soleil. Tout cela, Hannah le savait, afin que son frère ne songe pas à faire monter le petit Allemand pour lui montrer les oiseaux.

Édith fouilla dans le buffet et en sortit les vieux chandeliers en faïence de Delft.

— Tiens, dit-elle à Hannah. Ils appartenaient à ton arrière-grand-mère Etty, mais à partir de ce soir ils sont à toi pour toujours. Nettoie-les et mets-les sur la table.

Hannah s'exécuta.

— Voilà le coucher du soleil, annonça Toby depuis la véranda. Le ciel est tout doré.

Sa mère frotta une allumette, l'approcha d'un vieux bout de bougie jusqu'à ce qu'une flamme s'élève, mit celle-ci en contact avec les deux cierges disposés dans les chandeliers en argent puis la tendit à Hannah. La jeune fille fit la même chose avec les siens. En regardant ses bougies illuminer l'adolescente du tableau, elle comprit pourquoi cette nuit-là était différente de toutes les autres nuits. La vraie vie avait commencé.

## Adagia

LAURENS VAN LUYKEN, qui longeait l'étroit canal en compagnie de sa femme Digna, suivait les jeunes amoureux à respectueuse distance comme pour préserver leur intimité, mais n'en observait pas moins chacun de leurs gestes. Un peu plus loin que le char à bœufs de son voisin, il vit sa fille s'appuyer, inutile ment, sur le bras du jeune homme.

L'air automnal était vif et Digna serra sa cape contre elle. D'habitude, Laurens trouvait le vent tonifiant, mais cet après-midi-là il avait l'impression de devoir s'arc-bouter pour lutter contre un mur de mer grise tonnant dans sa direction. La brise était piquante, les feuilles mortes craquantes, tout était cinglant. Plus tôt dans la journée, c'est d'une voix cassante que Johanna lui avait annoncé : « Papa, Fritz m'a demandée en mariage et je lui ai dit oui. » Comme ça. Sans prélude. Sans tact. Pas même un clin d'œil à la tradition. N'était-il donc même plus besoin de demander aux pères d'abandonner leurs filles à l'amour de quelqu'un d'autre ? Était-ce la façon d'agir des habitants d'Amsterdam ? Un signe annonciateur de ce que serait l'existence au cours de ce nouveau siècle ?

— Nous devrions leur offrir un beau cadeau, déclara Digna en prenant le bras de son mari tout comme Johanna avait pris celui de Fritz. Quelque chose qui nous appartienne, qu'elle a toujours aimé et gardera toujours.

— Cela signifie-t-il que tu consens à ce projet ?

— C'est un brave garçon. Et il a de l'allure.

Laurens surprit le sourire espiègle de sa compagne.

— Érasme déclare que tant qu'à être pendu, autant que le gibet soit beau, poursuivit-elle.

— La potence n'était pas destinée aux jeunes et aux innocents.

Dirk, leur chien, courut se fourrer dans les jambes de Johanna, qui faillit trébucher, puis Fritz dit quelque chose qui la fit rire. Laurens regarda sa fille se serrer contre l'homme et lui effleurer l'oreille d'un baiser. L'animal aboya, ce que son maître savait être un avertissement. Laurens éprouvait un plaisir pervers à constater que Dirk appréciait peu les attentions dont Johanna entourait cet intrus à l'odeur étrange, qui portait des chaussures en cuir au lieu de ces bons vieux *klompen* bien costauds – manifestement pas un habitant de Vreeland. Il s'était amusé quand le chien, tremblant de suspicion, avait grogné quelque chose de clairement insultant à l'égard de Fritz lors de son arrivée en diligence à midi.

— Regarde-la, Laurens. Elle est radieuse.

Au lieu de cela, l'homme observa son épouse du coin de l'œil. Le bonheur avait circulé : l'enthousiaste et innocente félicité de Johanna avait rafraîchi le visage familier de Digna, jusque dans les moindres pores de sa peau.

— Que pourrions-nous leur donner ? demanda-t-elle d'un ton agréablement insistant.

— Un balai et une baratte ?

— On pourrait leur offrir la *Digna Louise*.

— Non. Fritz a un vieux bateau de pêche. Il m'a raconté qu'il l'avait sorti la semaine dernière pour aller dans le Zuiderzee et qu'il avait failli geler. À part les pêcheurs, aucun être sensé ne s'aventurerait là-bas après le mois de septembre.

Les yoles de leurs voisins s'alignaient bout à bout à l'endroit où le canal rejoignait les étangs de Loosdrecht. Laurens se rappela que, petite fille, Johanna les surnommait « bateaux-bréchets » en raison de la forme élégante de leur proue. Il se demanda si elle avait raconté cette anecdote à Fritz en passant devant les embarcations mouillant près de la rive.

Johanna et Fritz tournèrent devant la fabrique de moutarde de Ruyter, prirent le chemin emprunté par les chariots le long du lac et se retournèrent pour voir si Laurens et Digna suivaient. Un peu de leur attente, l'impression qu'ils se lançaient à l'aventure sur une embarcation encore jamais mise à l'épreuve réveilla chez Laurens une ardeur vaguement comparable, et il glissa son bras autour de la taille souple de sa femme.

— Tu as froid ? s'enquit-il en espérant un peu que ce soit le cas.

— Je pourrais lui offrir la bague d'opale de ma mère, mais ce n'est pas grand-chose. Et puis il faudrait que ça vienne de nous deux. Pour eux deux.

Aux yeux de Laurens, tout à propos du couple marchant devant eux portait les marques visibles de l'euphorie. Trop tôt épanoui, trop tôt monté en graine, songea-t-il. Les deux jeunes gens n'avaient jamais enduré ces longues soirées d'hiver faites de tendre méditation ; ils tanguaient comme si le temps des tulipes était déjà là.

Johanna allait donc partir. Elle allait quitter Vreeland dont elle connaissait tous les chemins, la moindre planche de chaque pont, le cheval et le chariot de chaque famille, où il lui avait appris à patiner, ici même, sur les étangs de Loosdrecht, où chaque été il l'avait regardée jouer sous les saules au bord du canal et verser avec bonheur des seaux d'eau dans un service à thé en faïence de Delft, fêlé et ébréché, ayant appartenu à sa propre mère. Elle quitterait la ville de sa naissance et de ses ancêtres pour aller à Amsterdam, à presque une demi-journée en chariot à travers les chaussées.

Laurens s'amusa de constater que Dirk, en plongeant entre les jambes de Fritz et de Johanna, manifestait à ce point sa méfiance à l'égard de ce loup déguisé en brebis, cet imposteur à l'odeur étrange, mais il ne jubilait pas. Quelque chose le touchait dans la manière dont, des yeux, les deux jeunes gens se rendaient mutuellement hommage – l'ivresse de l'inconnu donnait à Johanna un air rayonnant –, et il souhaita qu'ils aient un moment de tranquillité. Seul un bâton jeté en visant bien l'étroite rive arracherait Dirk à la fonction qu'il s'était attribuée – protéger la jeune fille. Laurens appela son chien, lança le bâton, rata l'étendue d'herbe. L'animal se jeta dans le lac à la poursuite des éclaboussures et Digna rit, ce qui justifia tout.

— Je sais ! s'exclama-t-elle en serrant le bras de son mari. Le tableau. La *Jeune Fille au panier à ouvrage*. Elle l'a toujours adoré.

Laurens fut transpercé par ses yeux vifs pleins d'espoir, sa bouche ouverte, son sourire.

— Non, répliqua-t-il.

Dirk lui rapporta le bâton mais il ne le prit pas.

Digna se tourna vers lui, son doux visage ivoire reflétant son trouble. Laurens regarda des mèches de cheveux châtains s'échapper du chignon sous l'effet d'un souffle de vent et ondoyer telles des herbes marines prises dans un courant. Sa femme le tira en avant et parla d'une voix entrecoupée de rires :

— Pourquoi tant de mesquinerie ? C'est notre fille unique.

— Je suis sûr qu'on peut trouver autre chose.

— Pourquoi pas la peinture ?

— Parce que je te l'ai offerte.

— Mais ce serait un peu de notre foyer dans le leur.

— Non, Digna.

— Pourquoi ? plaida-t-elle en mettant sa main dans celle de son mari pour l'exhorter à accepter.

— Je n'aimerais pas m'en séparer.

— J'ignorais que tu y étais attaché à ce point. Il n'a pas grande valeur bien que j'aime sa façon d'imiter un Vermeer.

Laurens saisit l'occasion.

— Plutôt un De Hooch. Le marchand m'a dit que De Hooch peignait ses dallages comme Vermeer.

Digna lui adressa un sourire de désapprobation taquine, un sourire conscient de son évidente tentative de diversion. Laurens se sentit bête, mis à nu. Elle le connaissait trop bien. Elle avait certainement quelque adage d'Érasme mettant en garde ceux qui tentaient maladroitement de changer de sujet. Digna tirait des *Adages* ses épigrammes préférées et les brodait, conservant parfois le latin si elle lui trouvait des sons harmonieux, « *Tempus omnia revelat* » par exemple. Installée près de la cheminée, l'air très sérieux, elle avait pendant des années cousu sur des étoffes tendues comme elle l'aurait fait sur son cœur la religion d'Érasme – la pensée rationnelle : « C'est parce qu'ils le tentèrent que les Grecs prirent Troie. » « De mauvais corbeau, mauvais œuf. » « De tous les maux, les plus douloureux sont ceux que l'on s'inflige à soi-même. »

— Pourquoi ne leur offres-tu pas un adage brodé ?

— Pourquoi refuses-tu de leur donner le tableau ? rétorqua Digna dont le sourire se transforma en rire méprisant

Laurens regarda devant lui en direction de l'oseraie plantée le long du rivage. Dans l'atmosphère voilée due à l'arrivée d'un temps légèrement brumeux, il vit dans les rameaux qui pliaient et bruissaient des fantômes lui faisant signe.

— Il... Je l'ai acheté en souvenir d'une période de ma vie, voilà pourquoi je ne peux pas m'en séparer.

— Je croyais que tu l'avais acheté pour moi ? Notre anniversaire de mariage. Rappelle-toi.

Digna s'écarta et s'enveloppa dans sa cape. Laurens fut pris d'un léger tremblement.

— Oui. Je…

Il était en train de la perdre mais se raccrochait à la conviction qu'ils s'étaient toujours sincèrement fait confiance.

— Il me rappelait quelqu'un que j'ai connu autrefois.

Digna s'arrêta.

— La manière dont la jeune fille regarde par la fenêtre, reprit-il. Elle attend quelqu'un. Et sa main. Tournée vers le haut et si délicate. Une invitation au baiser.

— Rentrons, déclara Digna, et elle fit demi-tour.

— Et eux ? demanda son mari en indiquant du regard le jeune couple.

— Ils viendront.

Sur le chemin du retour, Dirk ne cessa de courir devant eux pour revenir en bondissant puis s'élancer de nouveau en avant ; il savait qu'une fois à la maison on lui donnerait à manger. Son activité joyeuse et débordante agaça légèrement Laurens.

Digna ne posa plus de questions mais ralentit, dans l'expectative. Laurens observa le lac couleur d'étain dont la surface, agitée par des rafales de vent, se transformait en griffes acérées ; il était bien souvent allé au-devant du danger en patinant sur ce lac avant que la glace fût prête.

— Elle s'appelait Tanneke. Ça remonte à 1874, à l'époque où je travaillais à la station de pompage de Haarlemmermeer.

Il savait qu'il fallait donner tout de suite ces informations, fixer la date, il y avait si longtemps, des années avant leur rencontre.

— Elle habitait à Zandvoort. Je l'ai rencontrée sur la plage, devant la baraque de *poffertjes*. Après être passé devant elle en jouant des coudes, je me suis acheté un plein sac de beignets, j'ai pivoté et je lui en ai fourré un dans la bouche. Elle avait du sucre glace sur le nez, précisa-t-il en gloussant doucement.

Laurens mourait d'envie de jeter un coup d'œil furtif à sa femme pour voir si elle se figurait une scène aussi douce et innocente que celle gravée dans sa mémoire.

Tandis qu'ils marchaient, le flot de souvenirs l'obligea à penser tout haut :

— On avait l'habitude de se promener. Le long des dunes et dans la bruyère. Dans les bois aussi. Tanneke adorait Haarlemmer Hout, elle connaissait ses chemins comme Johanna connaît les ruelles de Vreeland. Un jour, j'ai embrassé la paume de sa main, dans ces bois, sous un sapin qui nous protégeait de la pluie.

— Tu étais amoureux d'elle ?

Il en avait trop dit. Il regrettait d'avoir abordé le sujet.

— Avec elle, je… je ressemblais à Fritz.

Il se détourna afin que Digna ne puisse lire sur son visage le bonheur qu'il avait connu avec Tanneke des années plus tôt.

Une bouffée de souvenirs le fit frissonner.

— Je n'étais pas très malin. J'ai manqué un rendez-vous, histoire de paraître indépendant, j'imagine. De l'obliger à se languir de moi alors que c'était plutôt moi qui me languissais d'elle. Quand je suis passé chez elle un peu plus tard, elle avait quitté Zandvoort et prié ses parents de ne pas me révéler où elle se trouvait.

Devant sa propre bêtise, passivité ou léthargie, Laurens sentit une douleur lui transpercer le cœur avec une étonnante acuité ; il espéra que sa voix ne l'avait pas trahi.

Il regarda fixement devant lui et sentit plus qu'il ne vit Digna s'éloigner.

Quelle bêtise, là encore, de la blesser. Ils parcoururent le reste du chemin en silence et Laurens sentit son épouse tenter d'imaginer ce passé.

Le couple passa devant l'alignement de yoles et dans ces bateaux-bréchets, retournés maintenant, Laurens ne vit plus que les vieux canots du voisinage. Ils longèrent le potager de leur voisin et il dut rappeler Dirk pour l'empêcher de piétiner les rangées de choux pourpres impeccablement alignés. Ils dépassèrent le moulin à vent de Vreeland, qui tournait fidèlement et extrayait l'eau de la terre afin de toujours maintenir à flot leur minuscule île. Ils passaient, se dit-il, devant un coin de leur existence où toutes ces choses – yoles, jardins, terre ferme, amour – pouvaient être entretenues sans effort conscient.

Dirk courait en décrivant de larges cercles autour d'eux, sautait, pataugeait dans les flaques d'eau suitant du sol. À leur retour à la maison, le chien aurait les pattes couvertes de boue, qu'il faudrait nettoyer. D'habitude, Digna s'en chargeait. Aujourd'hui, il le ferait.

C'était bizarre. Quand on réduisait une aventure amoureuse, même naissante, à l'essentiel – je l'aimais, peut-être m'aimait-elle, j'ai fait l'idiot, j'ai souffert –, elle devenait vide, banale, dénuée de sens aux yeux des autres. Finalement, seuls les instants comptent, le baiser sur la main, l'émerveillement partagé devant le tronc strié d'un sapin ou l'infinité de grains de sable d'une dune. Les instants.

Laurens voulut rappeler à son épouse un épisode de leur vie commune aussi tendre que le baiser dans les bois, aussi important. Ces instants avaient été nombreux, comme ce jour où ils s'étaient éloignés en patins sur les étangs de Loosdrecht si bien que la voix des autres patineurs n'était plus que babil de grives ; Digna et lui avaient tourbillonné dans un univers de blancheur et de pureté, il lui avait dit qu'il la connaissait maintenant depuis la moitié de sa vie, vingt-deux ans, de la buée sortait de sa bouche pour annoncer ce miracle puis il l'avait embrassée là, sur la glace, vingt-deux fois, en signe de reconnaissance. Laurens mourait d'envie de le lui rappeler mais la démarche de Digna, si droite et maîtrisée, lui nouait la gorge.

À l'approche de la maison, Laurens remarqua qu'au moment de partir Digna avait allumé une lampe à huile dans le petit salon en prévision de leur retour. À travers la vitre, la chaude lumière jaune leur faisait signe d'entrer dans le foyer douillet. Digna pensait toujours à ce genre de détails. Mais s'il évoquait ce fait ou l'épisode du patinage, il donnerait l'impression de vouloir se racheter.

À l'intérieur, l'homme et la femme s'évitèrent tout en sachant exactement ce que faisait l'autre. Entre eux, l'atmosphère était électrique.

Laurens souhaita que Digna vienne à lui afin qu'il puisse caresser la douce peau de sa tempe – une partie de son corps qu'il aimait particulièrement, tout près de la naissance des cheveux –, la prendre d'abord par l'épaule puis la serrer contre lui et lui affirmer qu'il était tout à elle et le resterait sa vie durant.

Mais elle s'affairait à préparer le dîner, ce qui montrait clairement qu'elle n'avait pas envie de tendresse, et Laurens s'abstint de faire ce à quoi il aspirait le plus. En laissant passer ce moment, il eut vaguement l'inconfortable impression de vivre une expérience familière.

Puis le jeune couple arriva, ils discutaient du travail de Fritz à Amsterdam. Laurens n'avait pas saisi l'occasion.

— Quand tu viendras nous voir, papa, on fera du bateau, annonça Johanna, apaisante.

Pour les deux jeunes gens, la vie semblait d'une exquise simplicité, claire comme de l'eau de roche. Oh, si seulement ils savaient. Un jour, ils sauraient. Il faut attendre des années pour seulement remarquer l'effroyable complexité de l'existence.

Avec juste ce qu'il faut de mots pour rester polie, Digna servit le *hutspot* et passa le repas à épousseter d'une chiquenaude les miettes sur la nappe.

Laurens savait que, aux yeux de sa fille, ce brusque changement d'humeur avait quelque chose à voir avec elle, ou Fritz. Lorsque Digna partit chercher le dessert à la cuisine, il tenta de rassurer Johanna, sans prononcer un mot, en promenant ses doigts sur la nappe jusqu'à couvrir la main de sa fille comme il le faisait lorsqu'elle était petite, histoire de la faire rire, ou dans le but de toucher Digna si elle s'était éloignée de lui.

Il remarqua que les joues de Johanna, brûlées par le vent, avaient l'éclat vermeil d'une pêche parfaitement mûre. Note. Observe. Note ça et ne l'oublie jamais, se dit-il. Il regarda Fritz, qui se contentait d'examiner leurs mains, et perçut un trouble sur le visage du jeune homme : il devait se demander que penser à ce moment précis. Laurens se redressa sur son siège et lui adressa le sourire de quelqu'un d'extrêmement conscient, un large sourire comme pour signifier qu'il ne renoncerait pas à ce droit paternel de poser sa main sur celle de sa fille. Non, pas encore tout à fait. Ou jamais.

Tripotant le bord de son chapeau, Fritz partit de bonne heure et Johanna, haletante, se détourna de la porte fermée pour demander : « Tu n'es pas heureux pour moi, papa ? »

Tout en observant attentivement la beauté des joues de sa fille afin de pouvoir s'en souvenir vingt ans plus tard, Laurens lui fit signe d'approcher.

— L'amour n'est-il pas la chose la plus extraordinaire qui soit ? reprit-elle. Je sais bien que maman et toi vous aimez mais je ne m'étais pas préparée.

— Préparée ?

Laurens s'alarma de ce mot. Il savait que Digna ne s'était pas résolue à débattre de ces questions de femme.

— Au pouvoir.

Craignant que sa voix ne tremble, le père fit la seule chose qu'il put faire : déposer un léger baiser sur la tempe de sa fille avant qu'elle monte.

Digna reprit sa broderie. La pendule à coucou remplissait le silence. Laurens regarda Dirk tenter de retrouver un peu de dignité, malgré l'inattention de sa maîtresse, et s'installer à ses pieds en poussant un soupir satisfait. L'espace d'un instant, l'homme envia l'aisance et la familiarité de l'animal.

Laurens ne savait pas quoi dire, quoi offrir à Digna. Il tenta de se la représenter à l'âge de Tanneke. Des cheveux de la couleur des feuilles d'érable en automne : voilà la seule chose qu'il put imaginer.

— Sur quel adage travailles-tu ? lui demanda-t-il, histoire de rompre le silence.

Digna tendit le tambour pour le lui montrer. Elle commençait juste à broder un pont traversant un étroit canal, et un saule. Dessous, les mots étaient exécutés au point de croix.

— « *Ne malorum memineris* », répondit-elle.

— Ce qui signifie ?

L'air grave, maîtrisant totalement l'instant, Digna baissa les yeux sur son ouvrage et fit deux autres points, obligeant son mari à attendre – le fil si long, si lent, et ce minuscule bruit au moment où l'aiguille perçait le tissu tendu.

— « Oublie le mal que l'on t'a fait. »

À ça, il n'avait pas de réponse.

Laurens sortit avec sa pipe en terre et marcha jusqu'au canal. Le vent était tombé mais il sentit l'humidité de l'air et entendit les rousserolles s'installer en famille pour la nuit.

Il se rappela la sensation satinée de la main de Tanneke dans la sienne, son poids, main détendue, paume vers le haut, et combien il s'était trouvé galant quand, raide et compassé, novice en amour, il s'était penché pour l'embrasser, le petit doigt de Tanneke levé et tendu, exactement comme sur le tableau, son indicible finesse, la minceur d'un bréchet, et simultanément ce souffle retenu l'espace d'un instant.

Comme souvent à la station de pompage et bien plus tard devant la toile, Laurens se laissa aller à imaginer Tanneke et sa tresse couleur de miel, lourde dans sa main quand il la défaisait, et la vie avec elle, ce qu'elle aurait pu être.

Après cette dernière promenade dans les bois de Haarlemmer Hout, il avait raccompagné Tanneke chez elle – il y avait un nid de cigogne haut perché sur un mât de la maison, il s'en souvenait –, puis il était resté dehors et avait attendu de voir la silhouette de la jeune fille se découper sur le rideau : elle monte la bougie dans sa chambre, s'approche de la fenêtre afin qu'il l'aperçoive, vaporeuse, éthérée, fait passer sa robe au-dessus de sa tête, lentement, posément, puis sa chemise et, taquine, souffle la flamme. Laurens s'était assis dans la ruelle en songeant à chaque coin de cette pièce qu'il n'avait jamais vue, et maintenant encore, il en inventait les détails – à l'angle, le petit poêle de porcelaine et l'âtre d'ardoise où Tanneke jouait enfant, ses dessins fixés aux murs bleu pâle, le grand miroir ovale dans lequel elle jaugeait sa féminité, la brosse à cheveux en corne, la cuvette et le broc, sans doute en faïence de Delft comme ceux de sa propre mère, le lit aux quatre montants d'acajou façonnés au tour, le couvre-lit, peut-être pêche et vert menthe, celui de sa grand-mère. Et la jeune fille nue dessous. En repensant maintenant à ces choses qu'il n'avait jamais vues, Laurens sentit à nouveau ce familier afflux de sang chaud dans ses veines.

En toute honnêteté, il ne pouvait jurer que cela ne se reproduirait plus.

La honte le rendit objectif : était-ce Tanneke elle-même qui avait perpétué ce souvenir pendant tant d'années ou bien simplement l'euphorie d'un premier amour qu'il souhaitait prolonger ? Le fait même de se poser la question lui fournit la réponse. Si seulement Digna en était consciente, mais un surcroît d'explications ne ferait qu'entretenir sa souffrance.

Il patienterait encore un peu pour lui donner du temps.

Qu'est-ce qui avait été important au point de faire attendre Tanneke si longtemps à l'arrêt du tram ? Laurens ne pouvait croire que le travail à la station de pompage l'ait retardé. C'était le besoin de se donner de l'importance. Mais ce qu'il avait fait à la place ce soir-là – sans doute quelque chose avec ses collègues, tout simplement –, il ne s'en souvenait pas. Il arpenta le bord du canal dans l'espoir de combler ce trou de mémoire. En vain.

À plusieurs reprises, Laurens avait tenté de retrouver la jeune fille mais il ne connaissait aucun de ses amis auprès de qui se renseigner. Perdre quelqu'un dans un si petit pays semblait ridicule ; cependant, s'il voulait être tout à fait honnête avec lui-même, il devait reconnaître qu'il s'était quelque peu lassé de la chercher. Pendant un certain temps, il s'était contenté de son fantôme et un peu plus tard, quand il fut envahi par la curiosité ou le désir, il trouva idiot d'aller s'immiscer dans une existence déjà à moitié vécue.

Maintenant il comprenait – comme il l'avait cent fois compris lorsque, le soir, avant de monter la lampe à l'étage, il examinait la main peinte sans à-coups et tournée vers le haut – qu'il n'y avait rien de plus fondamental que de prêter attention à l'autre et de pourvoir avec amour et humilité au moindre de ses besoins. C'est ce qu'il avait tenté de faire avec Digna. Cette complicité nocturne entre le tableau et lui en devenait peut-être moins répréhensible.

Laurens respira longuement, profondément, afin de chasser le passé et trouver ses repères dans le présent. Avec Johanna déjà en âge d'aimer, rêver le passé semblait dilapider le présent. Un flot d'instants présents le submergea, telle l'eau franchissant une digue, et il s'en réjouit. Le plaisir partagé d'un bon *hutspot* composé de délicieuses carottes, de pommes de terre nouvelles et de gros morceaux de viande de bœuf, au retour d'une promenade un jour de grand vent. L'air charmeur et bien cadencé que Digna fredonne dans le jardin. Son regard entendu, presque taquin, pas tout à fait un sourire, lorsqu'elle sait avoir le dessus, et lui qui y consent volontiers. Les manières câlines de sa femme dans le noir – « Quel a été le meilleur moment de la journée pour toi ? » –, question à laquelle il répond invariablement, parce qu'il le pense : « Maintenant, te caresser. » Alors il sent la vérité lui gonfler le cœur, une déferlante d'amour dans les reins. Et après, le calme de la respiration rythmée de Digna, aussi régulière qu'une horloge frisonne, cette simple berceuse par elle écrite. Voilà ce qu'il revivrait quand viendrait l'instant ultime, infini. L'amour est une construction inconsciente, songea-t-il, dont le matériau est le quotidien ordinaire.

Laurens finit sa pipe pour donner du temps à sa femme. Il savait que Digna considérerait la situation dans ses moindres détails. Ça lui prendrait peut-être un certain temps mais elle finirait par comprendre que son ennemie était l'imagination et non pas la mémoire, si tant est qu'elle eût un quelconque ennemi dans cette histoire-là.

À son entrée, Digna cligna plusieurs fois des yeux. Elle portait son superbe déshabillé lavande qu'elle mettait rarement et brossait ses cheveux qui retombaient, défaits, sur ses épaules.

— J'ai suivi le conseil du tableau, déclara-t-elle avec une espèce d'orgueil insistant.

— C'est-à-dire ?

— J'ai arrêté de coudre, poursuivit-elle, un pâle et minuscule sourire aux lèvres. J'ai regardé la peinture. *Memineris*. Érasme raconte que, après avoir libéré Athènes de la barbarie des trente tyrans, Thrasybule a interdit par décret qu'il soit fait mention du passé. Ils appelèrent ce décret *amnestia*.

Digna. Oh, Digna.

Laurens en eut les larmes aux yeux, sa femme lui sembla onduler, comme à travers un verre, puis juste un flou lavande, et il ne voulut pas même de cette transparence entre eux. Il détourna les yeux afin qu'elle ne remarque rien et les posa sur Dirk

– l'animal soupirait, couché en rond aux pieds de sa maîtresse – pour éviter de regarder le tableau. Bientôt, quand il voudrait voir la toile, il lui faudrait voyager une demi-journée sur des chaussées défoncées. Et on l'observerait. Il imagina avec horreur, accroché sur le mur crème à l'intérieur du rectangle jauni, la broderie nouvellement encadrée promulguant avec ses points soignés son décret de silence et d'amnistie. Non, Digna ne ferait pas une chose pareille. Elle ne le mettrait pas à cet endroit-là.

Sans le vouloir, Laurens leva les yeux pour vérifier si la peinture se trouvait toujours à sa place.

— Si, au lieu de regarder par la fenêtre, la jeune fille regardait à l'intérieur, dans notre direction, elle penserait sûrement qu'on a un sort enviable, constata-t-il au bout d'un moment.

Un quasi-sourire éclaira brièvement le visage de son épouse.

— Regarde suffisamment longtemps à l'extérieur ou à l'intérieur, dit-elle doucement, et tu seras heureux d'être qui tu es.

Était-ce de sa part une remarque ou une exhortation, Laurens ne lui demanderait pas, pas plus qu'il ne tenterait de répondre lui-même à la question.

## Bleu jacinthe

JE DOIS DIRE, à ma grande honte, que j'ai oublié son visage.

Non, pas celui de Gérard. Le sien à lui.

Allons, il n'est pas sage de vous scandaliser. Cela marbre le visage et ce n'est pas ce que vous cherchez. Je ne parlerais pas de cette histoire à n'importe qui, parce qu'il y a certains passages, certains passages… mais puisque vous m'avez consultée à ce sujet, je vais la relater. La vérité – le fait que je n'aimais pas le mari choisi par mon père –, je l'avais dissimulée plus soigneusement qu'un sein.

C'est-à-dire jusqu'à ce que je le voie, lui. Dans ce Mauritshuis aux briques sombres, il jouait avec un petit orchestre la nouvelle *Symphonie héroïque* – elle avait fini par être donnée à La Haye, deux ans après que ma sœur l'eut entendue à Beauvais ; il était vêtu d'une élégante redingote puce ainsi que d'un gilet de moire aux fines rayures violettes. Ses hauts-de-chausses n'étaient pas de cette même vieille soie noire que Gérard portait invariablement chaque jour ; ils étaient en daim, s'attachaient à l'aide de nœuds et descendaient plus bas sur la jambe. Assurément, il n'était pas hollandais.

Ayant une ou deux choses à vous dire sur les Hollandais, je me réjouis que nous ayons tout l'après-midi. Lors de ce concert au Mauritshuis, par exemple, la mode Louis XVI, qui n'était plus au goût du jour depuis dix ans, s'exhibait encore, de manière trop flagrante pour ne pas être humiliante, mais par miracle ces gens-là continuaient à la suivre sans même sembler le remarquer. Cette femme vaguement alliée à la principauté d'Orange, l'ancienne baronne Agatha Van Solms, que mon époux trouvait charmante, portait encore des paniers. Quant à ses coiffures ! Elle croyait intelligent d'évoquer la contribution de sa famille à l'histoire navale des Pays-Bas en plaçant un navire – un bâtiment de guerre me semble-t-il – sur des rangées horizontales de rouleaux – plus personne ne se coiffait de la sorte –, comme si le vaisseau luttait avec vaillance contre ces féroces vagues blondes. Sur sa poupe flottait un minuscule drapeau. Par prudence, il s'agissait de celui de la République batave. Manière bien mesquine d'afficher le rôle de la principauté d'Orange dans les conquêtes navales, si vous voulez mon avis. Ajoutez à cela qu'elle n'avait toujours pas perdu l'odieuse habitude de se nouer un ruban de velours rouge autour du cou comme marque de solidarité à l'égard de ceux qui s'étaient fait prendre par *Madame Guillotine** [1]. Pas une once de goût.

1. Les mots en italique suivis d'un astérisque sont en français dans le texte. *(N.d.T.)*

Allons, ne me qualifiez pas de railleuse ou de chicanière. Vous n'avez jamais dû vivre ici. En plus, il y avait un objet hollandais que j'adorais. Il s'agissait d'un petit tableau que Gérard m'avait acheté, celui d'une jeune fille dont la peau transparente avait l'éclat d'une pêche. Elle regardait par la fenêtre, l'air infiniment ingénu et doux, bien qu'au début il me parût un peu niais. Voyez-vous, ce pays est celui de l'eau. Partout, l'eau sépare les habitants des campagnes. Ce qui donne lieu à nombre d'unions consanguines au point que plus d'une poignée de ces dames sont faibles d'esprit ou tout à fait singulières – dans le genre « bovin ». Quoi qu'il en soit, cette enfant eut certainement des parents qui l'aimaient, ce qui fit naître en moi un mélange de tendresse et de mélancolie. De l'envie, j'imagine, due à ma stérilité dont Gérard avait pris conscience et qui, à l'époque où nous vivions au Luxembourg, avait déjà commencé à le rendre irritable.

J'installai la toile dans le petit salon, au-dessus d'une méridienne de velours bleu qui renforçait l'intensité du bleu de la blouse que portait la jeune fille ; le vêtement retombait en plis gracieux de ce bleu foncé voluptueux qu'ont les premières jacinthes quand elles commencent juste à s'ouvrir – et non du bleu plus pâle de leur déclin. Si j'avais une fille, je ne choisirais pour l'habiller que les couleurs des jacinthes et des tulipes fraîches écloses. Et, à l'instar de ma sœur Charlotte avec sa Cherise, je la sortirais fièrement au printemps sur la promenade de Longchamp. Elle porterait aussi des perles. Je me suis donc renseignée auprès de la guilde des artistes pour faire peindre un collier de perles autour du cou nu de la pauvre jeune fille.

Gérard m'apprit que le tableau avait été exécuté par un peintre mineur, un certain Johann Van der Meer. Peu m'importait. La jeune fille était ravissante et, du fond du cœur, je la fis mienne.

Je vis d'abord dans ce cadeau une mesure destinée à me calmer afin que je m'accommode d'une ou deux années supplémentaires en attendant que Gérard obtienne un nouveau poste en France. Cela se passa après que mon mari eut passé un mois entier au Mauritshuis à discuter d'une dispense d'impôts avec l'ancienne comtesse Maurice de Nassau – c'est du moins ce qu'il affirma. Aujourd'hui je sais qu'il n'en fut rien. De tels présents, ma chère, ont une fonction expiatoire. Méfiez-vous-en.

Puisque la comtesse Maurice avait fait donner le concert chez elle et qu'elle était femme affable à tous égards, je lui rendis visite le lendemain au Mauritshuis, ce mausolée qu'elle habitait, j'ignore comment. Elle me reçut dans une pièce décorée de carreaux bleus et blancs sur la cheminée et d'assiettes bleues en faïence de Delft disposées à la douzaine sur les étagères et les buffets. Et sur ces assiettes, les mêmes ponts arqués au-dessus d'une rivière, et des saules pleureurs sans caractère. Qui aimerait être dévisagé par ce symbole de mélancolie ? Celle que j'éprouvais me suffisait largement, merci bien. Pauvre femme, elle n'avait pas pu s'acheter un tapis convenable d'Ispahan ou même de Hamadan. Juste un flamand, du chintz partout, et deux pendules frisonnes dont le coucou cancanait toutes les cinq minutes, ce qui suffisait à vous donner des vapeurs.

Bien que l'Empereur l'eût dépouillée de son titre, la comtesse Maurice n'en continuait pas moins d'étaler sa richesse sur ses seins imposants, un peu semblables à des meringues dégonflées – c'est triste à dire –, le gauche marqué d'un petit grain de beauté, mais je n'en étais pas sûre ; il avait pu être peint. Elle m'informa que le violoniste était Monsieur le C…, fraîchement arrivé de Paris, et qu'il devait d'ici à quelques semaines être invité au Binnenhof et y interpréter la *Symphonie n° 40 en sol mineur* de Mozart avec l'Orchestre national, anciennement Orchestre royal.

— Oh, j'aime tant les modes mineurs, murmurai-je. Son coup d'archet, dont je n'ai bien sûr pas qualité pour parler, m'a assurément ravie.

Sur ce dernier mot, je jetai à la comtesse un regard suppliant.

Avec l'intuition d'une femme très perspicace – vestige, sans aucun doute, de son titre perdu –, elle eut un sourire entendu.

— Monsieur le C… descend pour l'été au Oude Doelen.

C'était tout ce qu'il me fallait.

La Haye était une petite ville, pas plus grande que trois ou quatre des principales places parisiennes réunies, alentours compris. Je connaissais le Oude Doelen. Gérard et moi y étions descendus pendant que l'on nous préparait la maison que nous occuperions durant son mandat. Mais je devais en premier lieu me procurer une invitation au concert du Binnenhof. Et ensuite, m'acheter une nouvelle robe.

Il n'y avait pas une journée à perdre. Sur Van Diemensstraat, aucun couturier ne connaissait la mode parisienne. Moi non plus, exilée comme je l'étais, d'abord au Luxembourg puis à La Haye, tandis que les salons de Joséphine regorgeaient de nouveautés. Et les minuscules boutiques hollandaises ne m'étaient d'aucun secours. Aussi vides que des cellules, ces boutiques. Leur incapacité à faire de la contrebande de rouleaux de soie et de barriques de salpêtre est entièrement due à la lourdeur d'esprit des Hollandais.

Autre chose : vous devriez remercier la Vierge Marie, ma chère, car Dieu vous a épargné les corsetiers peu charitables de La Haye. Je vous affirme qu'ils n'ont pas une once de pitié – ressentiment du conquis contre le conquérant –, pas de petits mots tendres et bienveillants lors de l'ajustement, à la différence de Madame Adèle, ma propre *corsetière**, qui affirme, je l'entends encore : « Il s'agit uniquement de remettre les choses en place, *Madame**. » Vous devriez vraiment l'essayer. Pour relever ce qui tombe, elle fait merveille. Rue Saint-Honoré, à deux pas de la place Vendôme.

J'entrepris néanmoins de m'habiller de neuf, non seulement de la tête aux pieds mais de la première à la dernière épaisseur, à tout hasard. Ma sœur Charlotte m'avait écrit que les femmes commençaient à porter des pantalons ruchés aux chevilles, qu'elle m'avait décrits. Même s'ils étaient en linon extrafin, quelle gêne qu'une étoffe rugueuse à cet endroit-là ! Je me renseignai discrètement dans plusieurs magasins. On n'en avait pas entendu parler et on me regarda d'un air soupçonneux ; je dus donc m'en passer, bien que cela me chagrinât quelque peu. Monsieur le C… connaissait certainement mieux que moi ce qui se portait à Paris, et je détestais me trouver en défaut.

Bon, où en étais-je ? Ah, oui. Le Binnenhof. De l'extérieur, un palais quelconque qui s'étend le long du bord sud du Hofvijver. Mais cela était oublié une fois que l'on entrait dans la Trêves Zaal où le concert avait lieu, une splendide salle de réception blanc et or imitant le style Louis XIV, comparable à la galerie dorée de l'hôtel de Toulouse. Avec ses nuages et ses chérubins, le plafond peint semblait sorti d'un rêve, ce qui me disposa à croire que les violonistes, et tout particulièrement Monsieur le C…, descendaient du ciel.

J'avançai vers les premières rangées de sièges et Gérard suivit. Les musiciens étaient déjà assis et Monsieur le C…, premier violon, m'apparut, s'appliquant à faire accorder l'orchestre. Pareil à de la crème fouettée, son jabot de dentelle blanche moussait sous son adorable menton. Le premier mouvement, *molte allegro*, était une mélodie enjouée – tra-la-la, tra-la-la, tra-la-la-*la* ; se déplaçant avec légèreté, les mains de Monsieur le C… m'envoûtèrent. Cette excitation soudaine m'empêcha presque de respirer et je battis l'air de mon éventail. Par le plus heureux des hasards, ce geste sembla attirer le regard de Monsieur le C…

Il me remarqua. Oui, j'en étais sûre.

Durant le long *andante*, ses paupières s'abaissèrent de manière provocante et le bras qui maniait l'archet caressa les cordes comme si l'homme touchait le cœur de sa bien-aimée. Monsieur le C... joua ce passage avec une délicatesse telle que je faillis m'évanouir. Il avait dû être un enfant prodige, le petit chéri d'une mère débordante d'amour. Au quatrième mouvement, je fus prise de vertige au point de tomber en extase. Vous savez ce que c'est, sinon vous ne m'auriez pas posé la question.

Ce que faisait Gérard pendant tout ce temps, je l'ignore. Ses colonnes de chiffres, ses dépêches et surtout ses relations avec la noblesse hollandaise privée de ses droits civiques l'accaparaient de plus en plus. Il acheta la peinture d'un artiste des Pays-Bas et se mit à fumer une longue pipe de porcelaine. Je vous le dis à regret : mon mari devenait hollandais.

Je n'en suis pas sûre mais son désengagement vis-à-vis de moi datait probablement de l'année précédente. C'était la fin du printemps, je m'en souviens, car le bleu de la jacinthe posée sur ma coiffeuse avait pris une teinte plus triste, plus pâle, alors que son parfum qui offrait son ultime saveur devenait entêtant. Je n'étais pas encore devenue belle-de-jour, je veux dire que je n'avais pas encore accompli mes rites matinaux devant la coiffeuse. Je ne m'étais encore appliqué ni fard ni poudre de riz, et n'avais pas mis mon postiche. J'étais en train de m'épiler quand Gérard me dit quelque chose que je n'entendis point ; à la vérité, bien que je m'en repentisse aujourd'hui, je ne prêtai aucune attention à mon mari : lorsque je m'occupe de mon visage, je ne pense pas et, de fait, parle moins encore.

— Claudine ! s'écria-t-il d'une voix si forte que je sursautai et lâchai ma pince.

La vie commune, somme toute, exige trop des amants. On peut vraiment être pris au dépourvu. Quand vous aurez mon âge, vous comprendrez.

Dans la glace, je vis Gérard me regarder, assis sur le bord du lit, sans bas ni hauts-de-chausses de sorte que ses maigres jambes poilues pendaient comme des pattes d'araignée.

Je me tournai vers lui et demandai gentiment : « Qu'y a-t-il, *mon cher** ? » Toujours être gentille, quelle que soit la situation. On ne sait jamais ce qui les préoccupe.

Mon mari ne dit pas ce qu'il avait l'intention de dire, les mots avaient dû s'envoler, telles des phalènes, mais il avait le regard d'un homme à qui quelque chose était arrivé. L'angoisse se lisait dans ses yeux, il semblait comprendre pour la première fois que nos chances de succès avaient été contrariées, que le fils qu'il s'était imaginé n'existerait jamais. Je pense qu'il lui est brusquement venu à l'esprit que nous avions cessé de tenter d'avoir un enfant. À ce moment-là, j'eus le sentiment que m'échappait l'empire que j'avais sur lui, quel qu'il fût. Et une certaine tristesse envahit mon cœur.

J'avais été éduquée dans l'idée que, lorsque l'on se marie conformément aux souhaits de la famille, avec le temps et de la patience l'amour vient ; je m'étais donc efforcée d'aimer, sans pour autant savoir exactement ce que je m'évertuais à obtenir. Oh, il y eut de la passion, mais était-ce de l'amour ? Pour répondre à votre question, je croyais, de manière bien trop sentimentale, qu'aimer signifiait risquer tout, sacrifier tout, passer sur tout, endurer tout afin de ne faire qu'un avec son bien-aimé. Je chérissais la doctrine empruntée à ma tante provençale selon laquelle si l'on se comportait devant toute chose avec suffisamment de passion, alors cette passion corrigerait ce que les circonstances pouvaient avoir de malheureux. Mais après ce regard – les yeux de Gérard emplis de déception comme si le monde avait changé, qu'il le reconnaissait finalement pour ce qu'il était et ne le qualifierait jamais plus de beau –, après ce regard, je n'étais plus sûre de cette doctrine.

Je tentai de m'accommoder de la situation car, à sa manière, Gérard se montrait assez bon pour moi – ce cadeau d'un tableau représentant la fille que j'avais souhaitée, et non le garçon que lui aurait voulu, voyez-vous –, bien qu'il se montrât également assez bon pour d'autres. Ce n'était un secret pour personne qu'il avait été extrêmement occupé durant cette période ; il était chargé en tant que *ministre des Impôts** de percevoir au nom de l'Empereur 100 millions de florins par an, tout en prélevant pour son propre compte des biens tangibles de certains nobles appauvris qu'il choisissait lui-même, et particulièrement de cette ancienne baronne de la principauté d'Orange avec le drapeau sur les cheveux. Je décidai de ne pas y prêter attention, de ne pas penser, et m'occupai, l'année suivante, à d'agréables activités – organiser des excursions aux champs de tulipes de Haarlem au printemps, braver, en été, l'affreux vent marin pour frissonner sur la plage de Scheveningen dans ces drôles de fauteuils crapauds en osier, et, l'hiver, patiner avec des amis au Huis ten Bosch. Un jour, sur la glace, Gérard, qui était sur le point de tomber, poussa un petit cri terrorisé, rit de lui-même et tenta impulsivement d'attraper ma main ; je fus submergée de tendresse, mais je n'appellerais pas cela de l'amour. Pour se redresser, il aurait essayé d'attraper n'importe quelle main.

Et maintenant, grâce à la comtesse du Mauritshuis, je savais que Monsieur le C… pouvait, avec ses tourbillonnantes variations sur un thème, balayer le désespoir que cachait mon agitation.

J'envoyai un message au Oude Doelen, l'invitant, avec trois autres personnes de son choix – ils formeraient un quatuor à cordes –, à donner un concert de musique de chambre chez nous, « une vaste demeure de pierre blanche sur le Vyverburg », précisai-je, lui laissant ainsi entendre qu'il aurait un public cossu. Monsieur le C… répondit cordialement, me priant de lui rendre visite le lendemain afin que nous prenions des dispositions. Lorsqu'il me reçut, la blancheur immaculée de son encolure me fit tomber en pâmoison mais heureusement, grâce à mes sels anglais et à sa main ferme dans mon dos, je repris connaissance. Le souffle coupé, je l'invitai. Je veux dire que je décidai de retenir ma respiration jusqu'à obtenir son assentiment. Il inclina la tête en signe de réflexion, arqua un sourcil parfaitement épilé, ajusta la dentelle de son parement, eut un lent sourire exercé et me proposa une promenade en voiture dans le Bosch, ce magnifique bois situé à l'extérieur de la ville.

Ce que nous fîmes, rideaux baissés. L'atmosphère dans cet espace confiné et bruyant était si humide – nous étions en juillet – que je ne pus le supporter. Mon fichu collait à ma nuque moite et, sur le devant, à mes monts enchanteurs. Je n'eus d'autre choix que de le retirer. Je baissai les yeux, regardai de côté – encore provocante, je l'espère – et, dans la lumière pâle, découvris sur le gilet de Monsieur le C… tout un paysage travaillé au petit point. Quand je pris la liberté de promener mes doigts sur la broderie, il couvrit ma main de la sienne, la serra contre lui, signe infaillible qu'il acceptait de monter un quatuor. Je pouvais respirer !

— Haydn est *de rigueur**, affirma-t-il. Mais puis-je également suggérer le *Quatuor en ut majeur* de Mozart, dit « Les Dissonances » ? Cela vous effraie-t-il ?

— Au contraire, cela a l'air palpitant.

— L'œuvre s'ouvre sur des basses dont le rythme évoque celui des battements de cœur d'un homme sur le point d'être satisfait, puis s'enfle jusqu'à la plénitude au moment où se mêlent les voix plus aiguës.

— Va-t-elle *crescendo* ?

— Sublimement, à la perfection.

— Alors, nous donnerons ce quatuor.

La semaine suivante, un messager me fit savoir que Monsieur le C… avait engagé les trois autres musiciens et, quelques jours plus tard, je lui rendis visite afin d'étudier la liste des invités et d'arrêter définitivement le programme musical de la soirée, ce que nous fîmes en nous promenant autour du Hofvijver tacheté de plumes dans le but d'apercevoir les cygnes.

— C'est faire preuve de diplomatie que d'inclure des patriotes dans l'assistance, fis-je remarquer. Aussi ai-je invité les familles de Léopold Van Limburg Stirum, Gijsbert Karel Van Hogendorp et Adam Van der Duyn.

— Saviez-vous que les cygnes s'accouplent pour la vie ? me demanda Monsieur le C... Qu'en pensez-vous ?

— Ridicule. Voyez leur minuscule tête.

Le soir du concert, je portai de la faille couleur jacinthe comme la robe de la jeune fille sur le tableau, pas trop criarde mais bien visible. Suivant une inspiration de dernière minute, j'avais envoyé notre domestique parcourir la ville en quête de jacinthes afin de décorer le grand salon. Leur parfum serait enivrant. En attendant son retour, j'arpentai les pièces, la peau moite sous les bras et les seins. Je repris un bain, versai de l'eau froide sur mon cou pour me calmer tout en écoutant les bruits de la maison – le fredonnement, faux mais gai, de Gérard en robe de chambre ; des pas saccadés sur le sol en marbre, des fauteuils que l'on installe dans le salon, des voix étouffées, insistantes : « Non, non, *Madame** a dit de les mettre ici. » Puis : « *Madame** a dit de ne pas allumer les lampes à huile dans le salon et de laisser la *petite salle** faiblement éclairée. » Ce serait infiniment charmant, où que se porte le regard, ces valeureuses colonnes de douceur dans toutes les nuances de bleu, raides et droites comme, comme... oui, eh bien, quelle nuit, me dis-je, quand des dames enveloppées d'un clair de lune pailleté se nourriront de fleurs gorgées de miel.

Lorsque le domestique finit par rentrer, je vis immédiatement que l'été était trop avancé. « Pas de jacinthes, *Madame**. Terriblement désolé. Je me suis rendu chez tous les fleuristes que je connais. » Il me tendit une fleur en piteux état, qui avait vu des jours tellement meilleurs que c'en était embarrassant. Pour éviter la comparaison, je crus sage de ne pas l'exhiber.

Les fines bougies neuves dont étaient garnis les candélabres fixés au mur embrasaient le grand salon d'une lumière dorée. Des invités pastel glissaient sur le sol carrelé noir et blanc que l'on avait fait briller pour que l'ensemble semblât vitré. Par-delà les rires argentins, Gérard se pencha galamment et baisa la main de cette femme d'Orange, cette Agatha à la coiffure ridicule, qui était sans nul doute cousue dans sa robe. Je sondai les profondeurs de mon cœur, en quête de cette affabilité qui me permettrait de la saluer aimablement, mais un oiseau niché dans des plis d'organdi sur son cabriolet piquait à chaque inclination de sa tête, donnant ainsi l'impression de picorer. Je ne répondais plus de rien.

Soudain, j'aperçus Monsieur le C…

Il portait un élégant frac broché d'écailles vert d'eau. Lorsqu'il se tourna pour saluer Gérard, je constatai que ses basques se terminaient en pointe comme la queue d'une morue. De dos, il ressemblait, *mon Dieu** *!* il ressemblait à… un poisson, un véritable poisson ! J'étais incapable de respirer. J'étais incapable de réfléchir. Il s'apprêtait à me rejoindre quand il fut intercepté par la comtesse Maurice, puis par d'autres, et je dus me contenter de le saluer sans pouvoir échanger un mot en privé avec lui.

Durant le quatuor de Haydn, j'adoptai la pose que je l'imaginais chérir – air rêveur, altier, éthéré. Je me penchai en avant afin de manifester mon profond intérêt, bien qu'alors une douleur me transperçât le bas du dos et que mon corset s'enfonçât dans mon ventre – ce qui ne se serait pas produit à Paris, notre ville.

Je remarquai que Gérard regardait autour de lui, l'air distrait, au lieu de suivre les notes avec une attention soutenue. Comment pouvait-on détacher les yeux des musiciens ?

Je me concentrai sur la bouche de Monsieur le C… – sa façon d'avancer les lèvres en une adorable petite moue quand il devait jouer *allegro*. Ses mains, si prestes et légères, pareilles à des oiseaux. Et sa manière de pincer les cordes ! Mon cœur vibrait. Faire naître des sons aussi divins, de tels états d'âme, avoir la faculté d'élever l'esprit – était-ce surprenant qu'il eût excité en moi la passion ? Le cœur déchiré, je me demandai, comme vous, s'il pouvait s'agir d'un amour naissant. Je ne savais pas exactement comment identifier ce sentiment. Faisait-il battre le cœur ou créait-il au fond de soi une zone de grand calme ? Cela sentait le vieux. Comme un fromage trop fait. Je préférais le volettement des oiseaux et, ensorcelé par eux, mon esprit folâtra pendant tout le quatuor de Mozart.

Après m'être mêlée aux invités le temps qui convenait, je m'avançai vers Monsieur le C…, lui déclarai qu'il jouait comme un ange, et le laissai me baiser la main. Il ne fut alors pas difficile de l'attirer dans le salon. Il me suffit de dire que je voulais lui montrer un petit chef-d'œuvre hollandais. « La peinture d'une jeune fille, une vierge », raillai-je, bien que je rougisse aujourd'hui de l'avoir ainsi utilisée. En traversant la *petite salle**, je baissai la flamme de la lampe à huile, pris la main de Monsieur le C..., le conduisis dans le salon faiblement éclairé et fermai rapidement la porte derrière nous. Nous n'y voyions rien.

Je comptai les six pas jusqu'à l'ottomane et, soupirant, nous nous perdîmes dans d'inavouables délices. Il embrassa. J'embrassai, et, du bout de la langue, sentis un cal sous son maxillaire gauche. Je compris en tressaillant que ce devait être l'endroit où sa mâchoire appuyait sur le violon, un mal professionnel que je lui pardonnai en raison de la grâce du bras qui tenait l'archet.

Effectivement, je lui pardonnai, car ses mains jouèrent de moi comme d'un instrument bien-aimé. Ses doigts dansèrent *pianissimo* sur ma gorge avant d'exécuter un *glissando* le long de ma colonne vertébrale. Son prélude, un *arpeggio* qui me parcourut le corps en trillant. Son pincement de cordes, tout ce dont j'avais rêvé.

Monsieur le C... s'acharnait à faire froufrouter robe, chemise, jupon, crinoline, et je songeai avec gratitude qu'un pantalon aurait été bien peu pratique. Respiration. Respiration assourdissante et force froufroutements. Suffoquait-il là-dessous ? Afin de ne pas me montrer indélicate, je dirai simplement que son instrument enflait en un *vibrato*.

Monsieur le C… poussa un léger cri, *tremolo*, jusqu'à faire entendre une seule note grêle, *falsetto*.

Était-ce le fruit de mon imagination ou entendis-je un rire diabolique étouffé, incontestablement féminin ? Nous n'étions pas seuls ! Par ailleurs, on avait pu nous voir passer la porte avant que j'aie plongé la pièce dans le noir. Allumer une lampe me révélerait de qui il s'agissait, je veux dire à quelle personne il faudrait offrir un somptueux cadeau, et vite, pour qu'elle garde le silence. Sous les flots de ma robe, Monsieur le C… remua, prêt, me semblait-il, à aborder le deuxième mouvement, mais cette présence, le froissement d'étoffe – du taffetas –, me troubla au point que tout le plaisir que j'avais imaginé depuis des semaines s'envola aussi vite qu'un ornement. Je tentai de deviner qui portait du taffetas si tard dans l'été. Je repoussai Monsieur le C…, cherchai la table à tâtons, grattai une allumette et, à la première petite lueur tremblotante, vis sur la méridienne, sous le regard chaste de la jeune fille du tableau, les hauts-de-chausses baissés, telle une oie déplumée, Gérard.

Et en sa compagnie, non pas cette espèce d'Agatha coiffée d'un nid d'oiseau mais la comtesse Maurice, tous deux nous dévisageant.

J'étais piégée, oui, mais au même moment libérée. Bonté divine ! Cet incident me renverrait à Paris !

Je n'avais pas le choix. Aussitôt, avec une seule chaussure cependant, je traversai rapidement la *petite salle** jusqu'au grand salon et ramenai cérémonieusement la baronne d'Orange afin qu'elle vît ce désordre vestimentaire. Que cela lui plaise ou non, Agatha Van Solms allait devoir affronter l'infidélité de son amant.

Ce fut, à tous égards, une soirée mouvementée. Je ne l'échangerais pas contre mille paisibles journées estivales. Lorsque, à l'aube, je me couchai, Gérard rageait encore.

— Comment osez-vous compromettre ma situation ici ! Vous comprenez bien, n'est-ce pas, que demain tout La Haye sera au courant ?

Ce furent, je crois, les derniers mots que j'entendis cette nuit-là alors que je me tournai sur le côté, remontai le drap sur mon oreille et me rappelai, en gloussant désormais, qu'au moment de traverser la *petite salle** avec Agatha à la remorque comme une péniche hollandaise, je m'étais heurtée à Monsieur le C... en train de s'éclipser. Je m'endormis en pensant : Quel dommage que nous n'ayons pas eu de jacinthes !

Il ne pouvait être question d'amertume. Le fait de ne pas reprocher à mon mari ses diverses infidélités, de ne pas m'en prendre à cette matrone du Mauritshuis qui – Dieu l'ait en Sa pitié – m'avait la première initiée aux plaisirs des soirées musicales hollandaises, et de rester indifférente aux écarts de conduite de Gérard, témoignait d'abord à mes yeux de la tiède fadeur de notre amour. La Haye était, tout Hollandais l'affirmait avec orgueil, la capitale de la raison – et non de la passion. Ce que l'on m'avait appris à craindre, je l'embrassais donc maintenant. Cette trahison – la sienne ou la mienne, peu importe – me libérait. Mieux valait partir vite plutôt que de devenir un objet de risée dont on parle derrière des éventails toilés, hors de portée des jeunes oreilles. Un temps de contrition au milieu des dentelaires, dans la résidence d'été de ma tante en Provence, puis je rentrerai à Paris, chez Charlotte, où le théâtre et l'opéra m'éviteront de penser. Ah, ce sublime soupir que l'on laisse échapper au moment de délacer son corset ! Cette exquise liberté pourrait être mienne ; il suffisait de retourner à Paris.

Mais comment payer le voyage en carrosse ? Je ne pouvais attendre que mon père m'envoie de l'argent. Cela prendrait une quinzaine de jours. Et l'on me questionnerait. Il serait inconvenant de rester ici une nuit de plus que nécessaire. Je devais réfléchir. Cette fois-ci, je devais vraiment réfléchir sérieusement. Que pouvais-je faire ? Que possédais-je ?

Cela me revint, avec une douleur lancinante : la peinture.

Le lendemain matin, je l'enveloppai dans de la mousseline en évitant de la regarder puis appelai la voiture. Les documents, que Gérard conservait dans son coffre-fort, je devrais m'en passer. Je commençai chez Van Hoep mais n'y rencontrai que chicanerie. Debout comme pour m'en aller, la mousseline à la main, je ne pouvais détourner les yeux de la jeune fille du tableau. Ce que j'avais pris pour un regard vide me semblait être maintenant l'expression d'une innocence à jamais perdue pour moi, d'un calme profond, et mon cœur se serra. Ce n'était pas uniquement un trait de sa jeunesse, mais quelque chose de plus subtil, la marque d'une nature ingénue. Je le voyais dans son regard. Une fois devenue femme, cette jeune fille, assurément, risquerait tout, sacrifierait tout, passerait sur tout, endurerait tout afin de ne faire qu'un avec son bien-aimé.

— C'est bien plus qu'une ravissante babiole, mon ami, affirmai-je. Vous scrutez l'âme candide de la virginité.

Il y avait, je m'en rendais compte maintenant, quelque chose d'indécent à s'être comportés comme nous l'avions fait devant elle. Le coup porté à sa sensibilité laisserait des marques indélébiles.

— Êtes-vous sûre qu'il s'agit d'un Vermeer ?

— Absolument. Les documents existent mais, à l'heure actuelle, je n'y ai pas accès.

— Et ils disent… ?

— Que la toile a été peinte par Jan Van der Meer de Delft puis mise aux enchères à Amsterdam il y a environ un siècle. Je ne me rappelle ni la date ni le lieu, précisai-je en agitant mon mouchoir pour indiquer que ce genre de détail ne tirait pas à conséquence.

— Il n'y a pas de signature. S'il existait la moindre chance que ces documents prouvent que c'est un Van Mieris, je vous en donnerais 200 florins, mais pour un Vermeer, pfft !

Je remballai la toile, partis sans ajouter un mot, l'emportai chez un second négociant à qui je déclarai avoir là un Van Mieris.

— Êtes-vous sûre que ce n'est pas un Vermeer ?

— J'en suis certaine.

Lui aussi me demanda les documents mais, en l'absence de papiers authentifiant un Van Mieris, il ne m'offrit que 24 florins. Tout juste de quoi me payer une voiture de louage et l'auberge jusqu'à Paris.

J'acceptai et, dans le carrosse, pleurai jusque chez moi.

*Grâce à Dieu**, Gérard était au ministère. J'eus juste le temps d'écrire un rapide mot à Charlotte : « Je m'enfuis pour la France. Prépare Père. Passons la fin de l'été en Provence. »

Lorsque mes malles furent chargées et que l'on m'aida à monter dans la voiture, je ne versai pas une larme mais ressentis une envie de pleurer trop aisément maîtrisée. Gérard survivrait et prospérerait. S'il y avait quelque chose à pleurer, ce n'était ni Gérard, ni Monsieur le C..., ni même moi. Mais le tableau qui maintenant traverserait les années sans certificat, enfant illégitime, et toute illégitimité – qu'il s'agisse de peinture, d'enfant ou d'amour – devrait faire couler des larmes plus sincères qu'aucune de celles que je pourrais verser en partant.

En tout cas, l'amour tel que je le connaissais était insensé, toute cette histoire de sang qui bout, de cœurs qui battent, de globes oculaires qui se fixent. Soyez réaliste, ma chère. Et d'ailleurs, qui cherche à scruter des narines palpitantes ? S'il s'était effectivement agi d'amour, cela ne suffisait pas. J'en arrivais à comprendre que le fait de savoir ce que l'amour n'était pas pouvait se montrer aussi précieux, bien qu'infiniment moins satisfaisant, que de savoir ce qu'il était. En voyant par la fenêtre du carrosse des hommes et des femmes courbés sur des champs plats de pommes de terre, je décidai de me montrer satisfaite comme ma jeune fille perdue en train de regarder longuement par sa fenêtre ensoleillée. Rester simplement assis et réfléchir : cette attitude est hautement recommandable. L'existence n'est pas, et n'a jamais été, une *fantaisie**, mais il est quand même possible de se distraire, non ? Quant à Monsieur le C…, même si son visage m'échappe, je continue à réciter un *ave* pour lui le dimanche de Pâques à l'église de la Madeleine en pinçant les cordes de mon cœur pour le remercier de ma résurrection.

## Éclat du matin

TÔT LE MATIN, deux jours après l'inondation, Saskia ouvrit les volets du fond et regarda par la fenêtre de l'étage exposée au sud. Leur maison était une île séparée du monde. Des vapeurs aux différents tons de gris empêchaient de distinguer clairement les quatre fermes voisines, et pourtant l'eau brillait comme les étains soigneusement nettoyés de la cuisine de sa mère. Que les eaux inférieures au ciel s'amassent en un seul lieu et que le continent paraisse[1] ! songea la jeune femme. Mais il n'en fut pas ainsi. Et la vache allait devoir rester à l'étage avec eux, souillant le sol et occupant la moitié de l'espace jusqu'à ce qu'il en soit ainsi.

Saskia se pencha par-dessus le rebord de la fenêtre et scruta l'eau en direction de l'orme dénudé, si jeune et petit que seules quelques branches émergeaient, afin de voir si les poules y étaient. Peut-être Stijn les trouverait-il aujourd'hui. C'était Pookje qui lui manquait le plus. Elle était de toute beauté avec, sous

1. Genèse 1, 9.

la gorge, ces plumes châtaines aussi douces que des cheveux de bébé. Et cette façon de toujours se dresser avec coquetterie, fière de présenter l'œuf parfait qu'elle avait pondu. Alors Saskia eut honte. Qu'étaient quelques poules comparées aux dommages subis par d'autres ?

Stijn et elle n'avaient presque rien perdu. Le jour de l'inondation, la jeune femme avait grimpé l'escalier des dizaines de fois pour transporter meubles et denrées à l'étage, les grands yeux bruns de la vache suivant chacun de ses déplacements. Elle avait essayé d'en faire un jeu pour les enfants et s'était même aventurée dans l'eau froide avec l'espoir de sauver d'autres objets. À la fin de la journée, Saskia avait mal aux jambes et ses bras, mous, pendaient comme des loques. Elle s'était dit que Stijn serait content de constater qu'elle avait monté tant de choses à l'étage, mais lorsque son mari entra par la fenêtre après deux jours ininterrompus de travail sur la digue du Damsterdiep, il jeta un simple coup d'œil au fouillis et au rouet de sa grand-mère posé sur des mottes de tourbe empilées en toute hâte, et déclara : « Avons-nous besoin de tout ça ? »

Saskia lui avait pardonné. Il était épuisé, préoccupé.

Et voilà que, par la fenêtre sud, elle remarquait quelque chose de sombre qui flottait sur l'eau, très loin, et tournait, comme de son plein gré, d'abord d'un côté, puis de l'autre.

— Stijn, peux-tu venir voir ?

Quand ils regardèrent par la fenêtre, Saskia sentit la main chaude de son mari sur son épaule. Ces derniers temps, elle puisait dans le moindre frôlement fortuit, la moindre rencontre insignifiante, toute la tendresse qu'elle pouvait y trouver, ce qui agaçait Stijn, elle le savait ; aussi marqua-t-elle un temps d'arrêt pour l'empêcher de retirer sa main.

— N'est-ce pas la jument de Boswijk qui flotte là-bas ?

Saskia se tourna pour regarder son époux plisser les yeux et pour apercevoir ces adorables rides nouvellement apparues se déployer en éventail.

— Si, certainement.

Stijn attrapa son caban et sortit par la fenêtre nord, de l'autre côté de la maison, où il avait attaché sa yole.

Marta et Piet se glissèrent hors du lit et poussèrent des cris en enjambant le coffre à linge pour rejoindre leur mère.

— Tu vois, les chevaux aussi savent nager, déclara d'un ton suffisant Marta, demoiselle Je-sais-tout de quatre ans.

— Ce cheval ne nage pas, rétorqua son frère. Il est juste assez grand pour que sa tête dépasse.

Saskia leur donna un morceau de fromage. Il n'y avait plus de pain. Elle allait devoir apprendre à en cuire dans le petit brasero.

— Saskia !

La voix de Stijn l'alarma. La jeune femme se glissa entre la vache et un sac de blé pour atteindre l'autre fenêtre. Depuis le canot, son mari lui passait un objet plat enveloppé dans une couverture. Elle se pencha en avant. L'objet n'était pas lourd mais il lui glissa des mains et tomba dans l'eau boueuse. D'un mouvement brusque qui secoua l'embarcation, Stijn le rattrapa, dégagea la couverture et tendit à Saskia un tableau. Elle le fit passer sans dommage à l'intérieur et posa les yeux sur une magnifique adolescente en train de regarder par la fenêtre.

— Qu'est-ce que c'est, maman ? s'enquit Marta.

— Mon Dieu ! entendit-elle Stijn s'exclamer. Saskia !

La jeune femme se pencha ; debout dans la yole, son mari lui tendit avec précaution un bébé dans un panier puis il s'empara des rames.

— Un bébé ! On a déposé un bébé dans notre bateau ! s'écria-t-elle.

— Un bébé ! Un bébé ! répéta Piet.

Le garçonnet avait cinq ans : il imitait tout ce qu'il entendait et riait de la moindre chose.

Le bébé rapetissait au fur et à mesure que Saskia déroulait la couverture. Il était si jeune, le visage encore rose et plissé. Quand la jeune femme parvint au châle de couleur triste – entrelacement de bleu terne et de gris-vert –, ses mains tremblèrent et elle s'arrêta, consciente qu'il avait dû appartenir à la mère.

— C'est qui, maman ? interrogea Marta.

— Je ne sais pas. Le pauvre, si froid.

— Saint Nicolas ! Saint Nicolas l'a mis dans le bateau ! affirma Piet, et les deux enfants, hilares, se roulèrent par terre.

Saskia alluma une motte de tourbe dans le brasero pour faire chauffer de l'eau et elle se prépara à nourrir et à laver l'enfant. En retirant le châle, elle découvrit une feuille de chou flétrie. Elle sourit.

— Ça sert à quoi ?

Marta se tenait si près de sa mère que celle-ci pouvait à peine bouger.

— Oh, c'est juste une vieille superstition. Pour porter bonheur au bébé.

— On peut le garder ? On peut le garder, maman ?

— Le bout de chou ? demanda Piet

— On peut garder le bébé ? insista Marta en poussant légèrement son frère.

Les mains tremblantes, leur mère sortit d'un pli du châle un papier, une espèce de certificat. Avec, au verso, en grosses lettres, les mots suivants : VENDEZ LA PEINTURE. NOURRISSEZ L'ENFANT.

— Dieu du ciel ! murmura-t-elle.

Les lettres noires glissaient telles des anguilles devant ses yeux. Comment imaginer qu'une mère ait pu écrire cela ? Saskia retira un chiffon mouillé. Un garçon. Un petit Moïse avec des yeux bleus et quelques fines mèches blondes. Un garçon – si on pouvait le maintenir en vie. La jeune femme posa un pot de lait sur une grille au-dessus du feu de tourbe. Elle chercha des linges dans le coffre et, quand Stijn revint, le bébé était lavé et nourri.

— C'était la jument de Boswijk. Le cheval le plus bête que j'aie jamais vu. Je l'ai attachée avec une corde et transportée en canot jusqu'à son écurie, mais ce maudit animal refusait de monter sur la rampe ; alors, le fils de Boswijk et moi, on a dû le hisser du palan avec une élingue. Maintenant, j'ai raté le bachot qui va jusqu'à la jetée et je vais devoir ramer.

— Stijn, on nous a confié une responsabilité.

L'homme baissa les yeux sur l'enfant, non sans bonté mais brièvement.

— Ce bébé ?

— C'est un garçon, précisa-t-elle, consciente que cela lui rendrait la situation plus acceptable.

— Plutôt maigrichon. Passera sans doute pas la semaine.

Saskia montra le document à son mari. « Il indique seulement le nom du peintre », observa-t-il avant de retourner le papier. Suivit un silence tellement long que Saskia se demanda s'ils allaient jamais se remettre à parler.

— Une responsabilité venue du ciel, murmura-t-elle.

— Oui, et les moyens de l'assumer. Emporte-le à Groningue le prochain jour de marché.

— Le bébé ? interrogea la jeune femme en lançant à son mari un regard inquiet, car il y avait là-bas un orphelinat.

— Le tableau.

Stijn enveloppa un gros morceau de fromage et une épaisse tranche de petit salé puis passa par la fenêtre et monta dans son bateau.

Le petit garçon était parfait. L'arrondi de ses joues et la pointe de son menton évoquaient à Saskia une tulipe ouverte. Elle passa la journée assise à nourrir l'enfant, une goutte après l'autre, le lait coulant le long du doigt qu'elle enfournait dans la bouche du bébé. Elle lui embrassait la plante des pieds, lui tenait chaud et ne pouvait s'empêcher de le caresser. De temps à autre, le bébé ouvrait grands les bras comme pour étreindre la jeune femme, les enfants, la vache, l'univers entier. Ils devraient se renseigner à son sujet mais, en attendant, Dieu l'avait chargée de maintenir en vie ce petit garçon.

Toutes les deux ou trois heures, Marta demandait : « Que va-t-on faire, maman ? » Et Piet répétait : « Que va-t-on faire ? » La plupart du temps, Saskia se contentait de leur sourire.

Stijn rentra abattu. Rien ne s'assécherait tant qu'ils n'auraient pas réparé les jetées. Alors leś moulins à vent chargés de drainer le sol pourraient entrer en action et, quand le sommet de la digue serait visible, il faudrait aussi la réparer.

— Ils enrôlent loin à l'intérieur des terres, jusqu'à Woldijk. Les hommes sont logés à Delfzijl, mais d'ici on devra prendre la yole tous les jours.

Saskia se dressa sur la pointe des pieds pour embrasser son mari sur la joue.

— Ne me touche pas. Je suis sale.

Elle s'en était rendu compte mais ça n'avait pas d'importance. Elle recula.

— Un miracle si on arrive à planter ce printemps, ajouta-t-il.

— On réussira. Je le sais.

Saskia posa la main sur le bras de son mari et sentit le muscle se contracter. Il avait tendance à voir le pire et c'était à elle de lui faire garder espoir.

— Le bébé a bu cinq fois aujourd'hui.

L'homme regarda le panier où elle l'avait installé.

— Quel genre de mère peut laisser un enfant dans une rivière en crue ?

Il se déshabilla et s'assit sur le bord du haut lit encastré dans le mur. Piet, qui se trouvait au-dessous, dans celui des enfants, tira sur le pantalon de son père. Stijn écarta la jambe.

— Une mère qui n'a pas le choix.

— Saint Nicolas l'a déposé, déclara le garçonnet, et alors Saskia se souvint. Un étranger dans une yole avait demandé du lait.

— Chut, Piet. Dors.

Elle vida une cuvette d'eau de vaisselle sale par la fenêtre.

— C'est un gentil bébé, déclara-t-elle.

Au même moment, alors que Stijn l'observait, le bébé ouvrit grands les bras.

— Tu vois ? Il t'aime.

Les jours suivants, Stijn partit aux premières lueurs du jour pour revenir après la tombée de la nuit, *doedmoe*, comme disait le père de Saskia, mort de fatigue. Il lui restait juste assez d'énergie pour manger et dire quelques mots sur son travail. La jeune femme craignait de soulever la question du choix du nom de l'enfant, de peur de donner l'impression qu'il leur appartenait désormais. Un jour, en changeant le bébé, elle l'avait appelé Jantje, petit Jan, d'après le nom indiqué sur le document, et Piet et Marta adoptaient ce diminutif dans la journée, mais pas le soir.

Pour Saskia, la maison représentait un îlot de bonheur au milieu de terres inondées. Elle faisait tout à l'intérieur de l'espace exigu compris entre les sacs de gruau, les coffres, la table du rez-de-chaussée et, bien sûr, Katrina, la vache laitière. Chaque jour, Saskia changeait la paille et faisait sécher les bouses sur le rebord des fenêtres et sur le toit. Ils les utiliseraient plus tard pour fertiliser le sol. Puis, accompagnée de Piet, qui souffrait de cet enfermement plus que sa sœur, elle ramait jusqu'à la grange située en face de la maison ; ils y entassaient les bouses séchées et se réapprovisionnaient en blé, pommes de terre, viande saumurée, et foin pour Katrina. Comme ils avaient besoin de lait, la vache devait rester, mais Stijn avait fait descendre le cheval de labour du grenier, l'avait fait passer sur la rampe en terre, pénétrer dans les eaux en crue et, en le guidant depuis son canot, il l'avait fait nager jusqu'au canal, d'où tous les chevaux du village étaient hissés à bord d'un chaland et mis au pré à l'intérieur des terres. Un four en fonte posé sur le brasero permettait à la jeune femme de confectionner des petits pains ronds au lieu des miches qu'elle cuisait normalement dans le grand four du rez-de-chaussée. Elle avait traîné la baratte à l'étage pour faire du beurre. Ils survivraient. Et Jantje aussi. Le bébé donnait des coups de pied, se tortillait, vomissait parfois, mais sa voix devenait chaque jour plus puissante. Il levait vers elle des yeux qu'elle imaginait pleins de reconnaissance et son cœur se gonflait. Le soir, sa joie et son récit des événements de la journée ne faisaient, semblait-il, qu'exaspérer son mari.

Ça n'allait pas être aussi dévastateur que le déluge de la Bible. Et ça ne ressemblait pas à l'inondation de la Sainte-Élisabeth qui, trois siècles plus tôt, avait balayé des villages entiers. Saskia se rappelait un tableau lugubre de sa grand-mère accroché chez ses parents au-dessus du virginal. Il s'intitulait *Groot*

*Hollandse Waard* et représentait un village, jadis très peuplé, à jamais transformé en lac. Des flèches d'églises englouties émergeaient au milieu de roseaux et de nids d'échassiers. Sous la peinture, on pouvait lire un avertissement solennel : « Notre Seigneur Dieu a sorti les hommes des abîmes insondables et leur a donné la puissance. Aussi a-t-Il le pouvoir de livrer les méchants au déluge ravageur. » Enfant, Saskia avait été fascinée par la toile, mais plus tard, une fois qu'elle sut lire, les mots l'avaient épouvantée. L'idée d'un Dieu de courroux ne lui plaisait guère.

Lorsqu'une inondation apporte non seulement un bébé mais un objet de toute beauté, il ne s'agit pas de l'Apocalypse, ni même de l'examen des âmes. Mais seulement d'eau clapotante, profonde de quatre pieds.

Un jour où le temps était exceptionnellement chaud, la jeune femme mit les trois enfants dans le bateau pour qu'ils puissent un peu sortir, faisant descendre le bébé dans son panier à l'aide d'une corde enroulée autour d'une poulie fixée à la poutre du toit. Elle respira profondément et rama très lentement pour faire durer le plaisir. Le mouvement de l'eau endormit Jantje. Saskia longea les quatre autres maisons du hameau et, par la fenêtre, demanda à ses voisins s'ils avaient vu repasser l'étranger dans une yole. L'étranger ? « Maintenant, avec tous ces hommes qui réparent la jetée, on ne voit passer que des étrangers », lui répondit-on. Elle leur parla du bébé, leur montra son visage rose et endormi. « Vous n'êtes pas près de le voir bêcher votre jardin », fit observer une femme. Alda, l'épouse de Boswijk, lui offrit de la mélasse. Une fois rentrée, Saskia en fit couler de temps à autre quelques gouttes dans la bouche de l'enfant à l'aide d'une cuillère. Marta passa plusieurs heures à agiter un torchon au-dessus du visage du bébé, histoire de voir s'il allait le suivre du regard, et dès qu'il le fit Saskia fêta l'événement en mettant de la mélasse dans sa pâte pour faire des gâteaux aux enfants.

Quant à la peinture, elle l'avait accrochée à une pince à linge afin qu'elle ne gêne pas. Le soir, la jeune femme suspendait des habits devant pour éviter de rappeler à Stijn son existence, mais dans la journée elle les retirait. Elle calait parfois la toile dans la pâle lumière oblique qui entrait par la fenêtre sud. Un matin clair et radieux, après qu'il eut plu, ils avaient recueilli l'eau dans la petite citerne du toit et dans des seaux fixés aux avant-toits, puis Saskia avait lavé la toile – oh, comme elle brillait, plus éclatante encore qu'avant. Le brun-roux de la jupe que portait la jeune fille chatoyait, telles des feuilles d'érable dans le soleil automnal. Entrant à flots par la fenêtre, une lumière jaune crème comme les pétales intérieurs des jonquilles illuminait le visage de l'adolescente et se posait par touches sur les ongles brillants. Saskia intitula le tableau *Éclat du matin* : sa grand-mère lui avait appris que les peintures portaient un nom.

— Un jour, tu seras exactement comme elle, dit-elle à Marta en lui nattant les cheveux.

Elle inventait des histoires – la jeune femme à Groningue, Amsterdam ou Utrecht, célèbre pour ses talents de couturière au point qu'on venait la voir de partout pour se faire confectionner un vêtement.

Si seulement on lui permettait de conserver aussi le tableau. Elle ne possédait pas beaucoup de belles choses, pas même un dressoir, rien qu'un coffre posé sur le sol et recouvert du chemin de table en toile de fil bleu ayant appartenu à sa grand-mère. Un unique fauteuil avec un coussin. Seulement quatre assiettes peintes disposées sur l'étagère et une mesure en étain. Rien à voir avec la cuisine chaulée et remplie de faïence de Delft de l'imposante ferme située aux abords de Westerbork où elle avait grandi, avec la longue table de salle à manger en acajou de sa mère, le virginal de sa grand-mère installé dans le salon, les peintures accrochées aux murs, les rideaux de lin bleu pâle.

La jeune fille du tableau portait une blouse bleue. Se draper de bleu était vraiment merveilleux – le bleu du ciel, du paradis, du joli petit lac de Westerbork aux rivages bordés de minuscule cresson bleu, le bleu des jacinthes, de la faïence de Delft, de tous les beaux objets. Vivre, mouvoir tout son être dans un flot de bleu. Saskia souleva le bébé. « Tu vois, Jantje, comme elle est belle ? C'est peut-être ta maman. Tu vois comme elle a l'air jeune ? Une belle dame dans une belle maison. » Si tel était le cas, l'enfant devait savoir que sa mère portait du bleu. Le châle n'était pas assez bleu. Par ailleurs, il était vieux, déchiré. Le petit garçon avait besoin du tableau.

Il n'était pas le seul. Le tapis oriental sur la table, la carte au mur, le loquet en cuivre gravé de la fenêtre – puisque, dans la réalité, Saskia ne pouvait posséder ces choses, elle les voulait d'autant plus sur la toile. Quand elle jubilait devant Jantje en train de faire des bulles avec sa minuscule bouche, riait aux singeries de Piet ou regardait Marta manger son pain, le petit doigt tendu à la manière d'une dame prenant le thé, l'étau du manque se relâchait et elle se sentait en paix. Mais cela ne durait pas.

Un soir, elle dit à Stijn :

— Ce garçon vient d'une bonne famille.

Son mari la regarda, apparemment trop fatigué pour demander avec des mots comment elle le savait. Les épaules tombantes, il attendit l'explication.

— Regarde le liseré en dentelle de la coiffe. Elle n'est pas pressée de coudre ces boutons. Elle a le loisir de regarder par la fenêtre, et peu importe qu'ils soient cousus le jour même ou le lendemain. D'après moi, c'est la mère du petit garçon quand elle était jeune. Il n'y a que les gens raffinés pour se faire faire leur portrait. Je veux que Jantje la connaisse. Ce ne serait pas juste de prétendre que c'est notre enfant.

— Jour de marché à Groningue demain.

— Oh non, Stijn. Attendons un peu.

— On aura bientôt besoin d'argent.

Cette nuit-là, dans le lit étroit, Saskia dormit sans effleurer son mari. Au matin, elle ouvrit les volets pour découvrir qu'un brouillard gris cendre obscurcissait tout, au point qu'elle pouvait à peine distinguer leur propre grange. « Merci, Père céleste », murmura la jeune femme. Stijn ne l'enverrait certainement pas dans le brouillard sur des eaux non frayées. Elle ne manquerait pas de se perdre. La fois suivante, elle fit semblant d'être malade mais son mari s'en douta, lui sembla-t-il. Celle d'après, Piet était vraiment malade. La question du tableau fut ainsi remise à plus tard. Saskia examinait souvent le visage de Stijn, les rides autour des yeux aussi fines que des poils, pour voir s'il y pensait encore.

— Il reste combien de pommes de terre ? s'enquit-il un soir, une fois les enfants endormis.

Elle savait qu'il parlait des pommes de terre de table car aucun cultivateur, même affamé, ne toucherait à ses réserves de pommes de terre de semence, la nouvelle culture que Stijn lançait dans le nord du pays.

— Presque un tonneau.

Il ne l'interrogea pas sur la viande saumurée. Au vu des portions de plus en plus petites que servait Saskia, tous deux savaient qu'il en restait peu.

— Sur la digue, j'ai appris des choses qui pourraient t'intéresser.

— Quoi ?

— Quelqu'un a été pendu à Delfzijl le jour de l'inondation. Une sauvageonne, une sorcière, pendue pour meurtre.

— Et alors ?

— Et alors, quelques jours plus tard, un bébé apparaît. Quand une femme est enceinte, on attend toujours la naissance avant de la pendre. Pour moi, ça ne fait pas de doute.

— La mère de cet enfant n'était pas une meurtrière. Ni même une paysanne paresseuse.

— Tu n'en es pas sûre.

— Mais regarde le tableau. Le sol. Les carreaux de grès. Peut-être même de marbre. Regarde le tapis sur la table. Ce n'est pas la maison d'une sauvageonne, d'une sorcière, ni d'un tourbier ou même d'un agriculteur.

Saskia vit son mari serrer légèrement les lèvres en entendant ces derniers mots. L'origine inventée de Jantje devenait d'autant plus réelle aux yeux de la jeune femme qu'elle-même ressentait chaque jour davantage le besoin d'y croire.

— Jantje vient d'une bonne maison. De Groningue ou d'Amsterdam. Une maison avec une carte murale, de beaux meubles et une mère qui s'habillait en bleu.

— Jantje ?

Quand Saskia prit conscience de ce qu'elle venait de dire, elle rougit.

— Le bébé n'a pas été déposé chez quelqu'un d'autre, Stijn. Nous avons un pacte avec le Seigneur.

— Et tu le romps si tu ne vends pas la peinture.

— On ne peut pas attendre un peu ? L'enfant ne nous coûte rien. Juste un peu de lait.

— Un peu de lait avec lequel on ferait mieux de faire du fromage. Un peu de lait qu'on pourrait vendre. Et n'oublie pas, le lait de Katrina se sera tari bien avant que nos champs soient secs.

La jeune femme se détourna de son époux. Il s'approcha d'elle par-derrière, posa les mains sur ses épaules.

— Je ne te demande pas d'abandonner l'enfant, Saskia.

En reconnaissance de cette concession, elle hocha la tête et se tint immobile pour jouir du poids de ses mains. Stijn approcha son visage du sien ; elle retint son souffle.

— Va à Groningue demain. Le tableau rapportera 5 florins, pour sûr. Peut-être 8 si on a de la chance. Ça nous permettra de manger de la viande.

— Mais...

— Compare bien les prix. Près de l'université. N'accepte pas moins de 8 florins. Essaie 10. Et présente ce document.

Le lendemain à l'aube, Saskia fit descendre Piet et Marta dans le canot, ainsi que la toile enveloppée dans un drap et le bébé. Elle rama à l'intérieur des terres en suivant les arbres dépouillés bordant le canal. La chaussée, d'abord inondée, commença lentement d'émerger. Ils progressèrent sur une eau peu profonde parsermée de laîches et pleine de canards jusqu'à Woldijk, la première digue à tenir bon, à l'endroit où elle traversait le Damsterdiep. La jeune femme attacha l'embarcation à un taquet et débarqua, les jambes ankylosées mais grisée par la terre ferme. Elle donna une petite pièce à un gamin pour qu'il surveille la yole. Piet et Marta se mirent aussitôt à courir en criant : « Terre ! Terre ! » et leur mère les laissa faire jusqu'à ce qu'un petit chaland, halé par un cheval, soit prêt à partir pour Groningue.

La vue des champs d'hiver qui, à l'intérieur des terres, attendaient les plantations emplit Saskia d'espoir. Mais même ce paysage ne produirait pas un tel effet sur Stijn. Entre cet homme et Dieu, point d'espérance. Ni de gratitude. Ni de remerciement pour une feuille ou un oiseau. Ni même un baiser. La peur occupait tout l'espace. L'horreur à l'idée que les provisions de blé s'épuisent et que les champs restent inondés. La crainte de devoir abandonner l'exploitation, de souffrir de la faim au bord d'un canal d'Amsterdam et de voir chacun des membres de sa famille tendre l'un après l'autre sa sébile devant l'hospice des pauvres. Mais ce n'était pas le Dieu qu'elle désirait connaître.

Au loin, la tour de l'église Saint-Martin s'élevait au-dessus de la plaine, et au moment où ils approchèrent de la haute vanne en pierre de Groningue, les enfants crièrent en bondissant de joie. Quel genre de cataclysme les hommes et les femmes traversent-ils pour perdre la liberté de laisser ainsi exploser leurs sentiments ?

Ils passèrent devant la raffinerie de sucre de betterave puis dans le passage des ferronniers, où les enfants se bouchèrent les oreilles tant il y avait de vacarme et de coups de marteau. Pour Piet et Marta, Groningue était une ville de rêve, pleine de bâtiments, arches et fenêtres magiques, tous emplis de mystère. Ils harcelaient tellement leur mère de questions qu'elle n'arrivait pas à suivre – « Ce monsieur fait quoi ? » « Il y a quoi dans cette charrette ? » « Ce truc métallique sert à quoi ? » Et les gens. Tant de gens, s'étonnaient-ils.

Sur le débarcadère, Saskia demanda le chemin de l'université puis entra dans une papeterie encombrée de livres, portfolios, papiers, de quelques tableaux ainsi que d'une profusion de dessins détaillés de plantes, d'animaux et du corps humain. Elle posa la peinture sur le comptoir et défit le drap. Tant qu'à le faire, autant le faire vite.

Le marchand tout ratatiné y jeta un coup d'œil.

— D'où tenez-vous ça ?

Saskia sentit Marta et Piet se serrer contre ses jambes, chacun d'un côté.

— On me l'a donné.

La jeune femme déplia le certificat et le lui montra. L'homme avança la main pour s'en emparer, mais Saskia refusa de le lâcher. Elle ne voulait pas qu'il voie le verso.

Tandis que le papetier lisait, les doigts de sa main droite se crispèrent. Il posa sur Saskia des yeux perçants et fronça les sourcils de manière très déplaisante, ce qui fit ricaner Piet. La jeune femme serra la nuque du garçonnet pour qu'il se tienne tranquille. Elle savait que, sur le chemin du retour, il n'arrêterait pas de froncer les sourcils et d'éclater de rire.

Le regard de l'homme glissa de sa jupe toute simple de futaine noire à ses vieux sabots.

— Donné ?

— Oui, monsieur, confirma-t-elle en se cramponnant au papier.

— Savez-vous qui est Jan Van der Meer ?

— Non, monsieur.

— Je vous en offre…

L'homme marqua une pause. Marta posa le bout des doigts sur le bord du bureau. Sa mère lui fit discrètement non de la tête et la fillette glissa ses mains dans son dos.

— … 24 florins, reprit le papetier, qui se détourna et avança la main vers sa caisse comme pour conclure l'affaire.

— 24 ? laissa échapper Saskia sous le coup de la surprise.

Jantje poussa un petit cri. La jeune femme comprit qu'elle le serrait trop fort. Elle le fit passer sur l'autre hanche.

— 25. Pas un *stuiver* de plus.

Stijn allait jubiler. Cet argent le rendrait tendre à son égard et lui assurerait la garde de Jantje.

Mais l'homme ne la regardait pas. Il restait assis à empiler des pièces de monnaie. Ses ongles étaient jaunes et longs. Saskia ne pouvait se fier à un individu aux ongles longs. La peinture devait valoir encore plus. Elle valait certainement plus à ses yeux à elle.

— Non, merci.

La fermeté de sa voix la stupéfia. Déconcerté, Piet jeta un rapide coup d'œil à sa mère. Celle-ci enveloppa le tableau et noua soigneusement les coins du drap ; elle sentit l'homme la suivre jusqu'à la porte, en protestant dans sa barbe.

Une fois dehors, la jeune femme, frappée de terreur, eut des sueurs froides. Et si elle s'était trompée ? Si on lui offrait moins partout ailleurs ? 25 florins ! En plus de les nourrir jusqu'à la prochaine récolte, cet argent leur permettrait d'acheter une truie et un verrat. Le rêve de Stijn – l'élevage – deviendrait réalité, et ce grâce à elle.

— 25 florins, déclara Piet d'une voix excessivement autoritaire avant de froncer les sourcils avec une telle violence que tout son visage en trembla. Marta éclata de rire.

Saskia marcha d'un bon pas mais sans but à travers les rues, s'arrêta devant une voiturette pour acheter à ses enfants une gaufre à la cannelle et commença à se faire du souci. À travers la vitrine d'un magasin d'antiquités, la jeune femme aperçut des peintures accrochées au mur. Elle demanda à Marta de ne pas lâcher son frère et ils entrèrent. Cornes à boire, coupes, gobelets, chopes posés en désordre encombraient coffres et tables. « Ne touchez à rien », prévint Saskia. Les enfants étaient intenables, chacun exigeant de l'autre à voix basse qu'il regarde tout nouvel objet – livre, coussin de brocart, sculpture des Indes orientales –, et lorsqu'ils découvrirent un grand miroir, le frère et la sœur ne purent s'empêcher de faire des grimaces en contractant à la fois sourcils, nez, joues, lèvres et de glousser devant leur reflet. « Chut », ordonna leur mère en réprimant un petit rire.

L'antiquaire, une femme, était en train de conclure une affaire avec un client ; aussi Saskia eut-elle l'occasion d'examiner une carte murale toute jaunie. Les noms de lieu lui étaient tous étrangers. Elle ne trouva ni Oling ni Westerbork. Ses poumons expulsèrent un maigre filet d'air ; elle avait l'impression d'être de nulle part. Comme Piet et Marta pouffaient encore plus fort, leur mère les poussa doucement vers la sortie, et elle s'apprêtait à partir quand elle entendit : « Y a-t-il quelque chose qui puisse vous intéresser ? » Saskia sursauta. « Non, merci », murmura-t-elle en s'excusant d'un sourire. Puis, s'arrêtant dans l'embrasure de la porte, elle se retourna.

— Peut-être une chose, en fait. Sauriez-vous qui est Jan Van der Meer ?

— Bien sûr. De Delft. Le peintre de Delft. Vermeer.

L'antiquaire remarqua la toile enveloppée d'un drap.

— Vous avez quelque chose à me montrer ?

Saskia rentra dans la boutique, défit le drap, et les enfants retrouvèrent leur sérieux. Comme toujours dès qu'elle se le permettait, la jeune femme se sentit irrésistiblement attirée à l'intérieur de la pièce propre et ensoleillée aux côtés de l'adolescente du tableau.

— La lumière. Il peignait la lumière, voyez-vous, déclara l'antiquaire en se dirigeant vers la fenêtre avec la toile. Ravissant. Regardez sa peau. Douce et lustrée comme la soie. Probable. Fort probable.

— Probable ?

— Que ce soit un Vermeer, ma chère.

Saskia déplia le certificat et le lui tendit. La femme le lut plusieurs fois puis le retourna. Elle regarda longuement Saskia et sourit au bébé accroché à sa hanche.

— D'où êtes-vous ?

— De Oling. Ce n'est qu'un hameau. Près d'Appingedam. On a été inondés et...

— Emportez cette toile à Amsterdam. Là-bas, on vous en offrira infiniment plus que je ne peux le faire. Ou à Groningue, n'importe où. Chez les marchands dont les boutiques longent le Rokin. N'acceptez pas moins de 80 florins. Et protégez-la de la pluie.

— 80 ! s'exclama Saskia d'une voix si aiguë que Piet l'imita.

Après d'autres paroles rassurantes et une admiration partagée devant le tableau, Saskia vendit à l'antiquaire le chemin de table en toile de fil bleu bordé d'une belle dentelle ayant appartenu à sa grand-mère ; puis elle traversa la place du marché jusqu'à l'éventaire du boucher.

La jeune femme rama entre Woldijk et Oling tandis que son esprit voletait comme un oiseau recouvrant la liberté. Qu'allait-elle dire à son mari ? Qu'elle n'avait pas pu vendre le tableau ? Qu'elle n'en aurait tiré que 4 florins, ce qui n'en valait pas la peine ? À la place, elle vendrait son coffret à épices. Ils s'en sortiraient avec ça. Stijn ne saurait jamais à combien s'était montée la première offre. Ni ce que lui avait dit la femme. Il la croirait. Elle ne lui avait jamais fourni la moindre raison de ne pas le faire.

Une fois rentrée, Saskia défit le drap, suspendit le tableau à la patère sans le recouvrir de vêtements. 80 florins !

L'histoire qu'elle avait imaginée devenait réalité. Pourquoi cette jeune femme qui avait les moyens de se faire faire son portrait par un grand artiste, pourquoi, comment avait-elle pu abandonner son fils ? Elle ne se sentait pas en paix, la manière dont on l'avait peinte l'indiquait. Elle était penchée en avant et la raideur de son dos témoignait d'une âme tourmentée. C'était une femme désespérée avec des faiblesses, comme Saskia, des tentations, comme Saskia, une femme qui avait des besoins, une femme qui aimait au point, quasiment, de ne plus exister, une femme qui sans doute pleurait trop, comme Saskia, une femme apeurée, qui voulait croire plus qu'elle ne croyait, sinon pourquoi aurait-elle abandonné son fils ? Une femme qui priait : « Seigneur, je crois.

Viens en aide à mon peu de foi. » Ces mots que Saskia prononça pour elle-même lui nouèrent la gorge et la firent pleurer.

Elle tenta de coucher les enfants avant le retour de Stijn. Que le Seigneur lui pardonne ou non, elle ne dirait rien à son mari. 4 florins, s'il lui posait la question. Une fois les enfants endormis. Même si la douleur causée par le mensonge la faisait souffrir dès qu'elle découvrirait sur la toile une nouvelle parcelle de beauté, la vérité creuserait entre son mari et elle un fossé que la tendresse ne pourrait jamais combler.

Elle observa les yeux de Stijn au moment où il franchit la fenêtre. La première chose qu'il remarqua fut le tableau. La deuxième, la marmite de ragoût. Ils n'avaient pas mangé de bœuf depuis l'inondation. Saskia en déposa un bol devant son mari pour que le fumet atténue sa réaction.

— J'ai vendu le chemin de table de grand-mère, expliqua-t-elle.

Debout, l'homme prit une cuillerée de viande puis accrocha à la patère, devant le tableau, son caban raidi par la boue. Le souffle coupé, Saskia eut du mal à se retenir pour ne pas l'en arracher. Sous le lit du couple, la tête des enfants apparut.

— On a vu plein de ponts, d'églises et de mendiants, raconta Marta, et Piet imita un aveugle tendant sa sébile.

— Et on a pris le chaland, ajouta le jeune garçon.

— Dis donc ! s'exclama Stijn en lui ébouriffant les cheveux.

— Chut. Il faut dormir, fit remarquer Saskia.

— Et le tableau ?

— Je t'en parlerai plus tard, murmura-t-elle avec un signe de tête en direction des enfants.

La jeune femme se sentait incapable de mentir devant eux.

Elle regarda son mari manger le ragoût. Quand il ne resta que du bouillon, Stijn le but au bol. Elle le resservit. Lorsqu'il eut terminé, ils se levèrent en même temps, avancèrent d'un côté puis de l'autre pour passer entre les coffres et Katrina, qui, parmi tant d'agitation, battait l'air de sa queue. Saskia laissa échapper un gloussement nerveux. Son mari l'interrogea du regard. Elle se glissa dans sa chemise de nuit, éteignit la lampe à huile et grimpa dans le lit plus tôt que d'habitude. Stijn, qui attendait une explication, fit preuve d'une infinie patience. Ce n'est que lorsqu'il s'allongea à ses côtés qu'il reposa la question : « Pourquoi n'as-tu pas vendu la toile ?

— Je n'ai pas pu », répondit Saskia, et c'était la vérité. « J'ai essayé », ajouta-t-elle, ce qui était également vrai. Qu'il imagine ce qu'il voulait. Elle se tourna sur le côté. Bientôt, la main de son mari la fit rouler vers lui. Il attendait toujours.

— Stijn, c'est comme vendre la mère du petit. En faire un orphelin.

Elle savait que c'était idiot, ce qu'elle racontait, mais dans le noir elle pouvait admettre certaines choses. Toute la dureté de l'existence dans ce Nord désolé la submergea tel un déluge et elle fondit en larmes.

— Il n'y a rien de beau ici. Oh, je sais que tu aimes cet endroit, que tu aimes regarder par la fenêtre tes rangs de pommes de terre, que tu aimes cette immense étendue plate de sarrasin. Du sarrasin, encore du sarrasin ! Mais je ne suis pas venue ici pour ça. Je suis venue pour toi. On peut s'en sortir sans vendre le tableau... Je vendrai le coffre à épices. À moins qu'on n'emprunte à Père. Les champs seront bientôt asséchés. À Woldijk, on voit déjà des laîches pointer à travers l'eau.

Ils restèrent un long moment allongés dans le noir avant que Stijn ne demande : « On t'a offert combien ? »

Encore un long moment au cours duquel elle tendit l'oreille pour s'assurer que les enfants dormaient. Puis, malgré le silence, elle murmura : « 25 florins. »

Il émit un sifflement et Saskia sentit un souffle frais sur sa nuque. Elle retint sa respiration et ne bougea pas tandis que l'énormité de la somme se révélait à son mari. La jeune femme eut toutes les peines du monde à se contenir, elle enfonça sa tête dans l'oreiller et se remit à pleurer.

— Je l'aurais vendu si j'avais jugé que c'était un prix correct.

— Correct ? Qu'est-ce qu'on en sait ?

— Je ne l'ai pas vendu parce qu'une femme m'a dit qu'il valait 80 florins. À Amsterdam. Alors tu ferais mieux de ne pas le traiter de cette façon-là, avec ton caban tout crotté que tu accroches devant.

— 80 ! murmura-t-il.

Après un long moment de silence, Saskia entendit son mari se lever et laisser tomber le vêtement sur le sol nu.

Pour la première fois depuis leur mariage, le fait d'avoir raison lui donnait une impression de légèreté et de puissance. Elle poussa son avantage :

— Comme je l'ai dit, Jantje n'est pas l'enfant d'une fille sans foi ni loi, ni même d'un fermier.

La jeune femme perçut le caractère incisif de ce dernier mot et sut que Stijn aussi l'avait perçu. Elle tourna le dos à son mari et ils restèrent ainsi jusqu'à ce que Saskia tombe dans un doux et profond sommeil.

Le lendemain matin, durant ces quelques instants de somnolence dont elle jouissait avant de devoir se lever – ce qu'elle faisait dès qu'elle entendait Katrina bouger pour qu'on la traie –, Saskia sentit le bras de son mari posé amoureusement en travers de son corps. Elle demeura immobile afin de prolonger cette manifestation de tendresse et, au bout d'un moment, elle glissa sa main dans la sienne.

Les jetées furent réparées plus tôt que prévu et, dès lors, tous les moulins à vent destinés à drainer le sol tournèrent. Stijn travaillait désormais sur la digue du canal et, au fur et à mesure que l'équipe d'hommes se frayait un chemin à l'intérieur des terres, il s'égayait. Un jour, Saskia le vit même chatouiller le ventre de l'enfant, qu'il appelait « Jantje » et non plus « le bébé ». Jantje gazouillait maintenant. Comme la jeune femme ne savait pas si elle devait lui apprendre à dire « maman » et « papa », elle travaillait sur les mots « vache » et « eau ».

Si seulement, l'espace d'un instant, son mari pouvait éprouver la même chose qu'elle, s'ils pouvaient s'acquitter ensemble de la tâche que Dieu leur avait confiée, si Stijn pouvait regarder Jantje comme il regardait Piet ou Marta et comprendre la puissance de la volonté divine, peut-être aurait-il alors suffisamment confiance pour lui permettre de conserver la toile. Mais rien n'indiquait qu'il allait dans ce sens. La question du tableau planait dans la petite pièce du haut. Saskia mit de moins en moins de petit salé dans le ragoût, puis de moins en moins de carottes et de haricots blancs achetés au marchand de légumes qui, de temps à autre, se risquait en bachot jusqu'aux villages inondés. Le ragoût finit par se transformer en bouillon de pommes de terre, et la jeune femme se dit que son mari allait certainement lui demander de vendre le tableau.

L'arrivée du printemps se manifesta par de légers signes – seulement une certaine douceur de l'air et quelques herbes perçant la surface de l'eau. À l'intérieur des terres, juste aux abords de Woldijk, le sol n'était pas inondé, mais mouillé, et on répandait du fumier pour le reconstituer. Là-bas, les fermiers finiraient peut-être par récolter leurs betteraves à sucre mais Stijn, assis à la fenêtre, se contentait de broyer du noir en regardant ses champs immergés. Chaque semaine, Saskia lui indiquait de nouvelles branches qui pointaient, une autre planche de la grange qui apparaissait.

Comme l'importance des travaux diminuait, le Conseil des digues octroya aux propriétaires terriens un jour de congé par semaine. Stijn, qui n'avait pas grand-chose à faire sur son exploitation, annonça aux siens qu'il les emmenait en excursion.

— On pourra aller à Woldijk et faire la course sur la chaussée ? demanda Piet.

— Oui, et il se peut même qu'on aille à Groningue.

— Voir notre cheval ? ajouta Marta.

— Bien sûr.

Un jour de vacances ! Voilà des mois que Stijn ne s'était pas montré aussi gai. La jeune femme savait que, passé Woldijk, il y aurait de la bruyère. La gentiane des marais ne serait pas encore ouverte mais elle pourrait cueillir un bouquet de lysimaques et de violettes, qui durerait un jour ou deux. Le soleil perçait les nuages et faisait déjà miroiter l'eau en taches argentées.

Mais son mari commença par se rendre dans la grange.

Saskia s'immobilisa et ferma les yeux. Le bruit incessant de rumination de Katrina emplit la pièce.

De l'autre côté de l'eau, elle l'entendit crier. Pas un mot. Pas un juron. Juste un profond beuglement plein d'angoisse.

Par la fenêtre, la jeune femme regarda l'homme fouetter l'eau de ses rames. Elle n'avait nulle part où mettre les aînés pour leur éviter d'assister à ce qui allait suivre. Elle installa Jantje tout au bout de leur lit.

Lorsqu'il enjamba la fenêtre, Stijn hurlait déjà :

— Saskia, comment as-tu pu faire ça ? Les pommes de terre de semence ! Tu t'es servie des pommes de terre de semence !

Piet se plaqua contre le mur.

— Je...

— N'importe quelle femme de fermier, n'importe

quelle fille de fermier sait qu'on ne touche pas aux pommes de terre de semence. Le tonneau est aux trois quarts vide ! Pas de quoi planter plus que quelques rangs.

Marta s'enfonça dans son lit.

— Je croyais qu'il y avait un autre tonneau derrière les balles, expliqua Saskia bien qu'elle sût, alors même qu'elle prononçait ces mots, que c'était faux.

Comme ils n'allaient pas planter cette année, la jeune femme s'était dit qu'ils feraient aussi bien de manger les pommes de terre. Elles ne se conserveraient pas un an. Elle venait de comprendre que son mari n'avait pas abandonné l'espoir d'une récolte tardive.

— Un autre tonneau ? Tu savais qu'il n'y en avait pas d'autre. Et tu savais que si je m'en étais rendu compte, on aurait vendu le tableau.

Stijn ne leva pas la main sur elle – il ne le ferait jamais –, mais il lui lança un regard courroucé qui la glaça. Elle sentit Dieu l'observer d'un air désapprobateur

— Égoïste ! Égoïste ! Je n'imaginais pas ça de toi !

— Alors, autant que tu saches. C'est toi qui as voulu venir t'installer dans ces contrées désolées. Voilà trois ans que je ne suis pas retournée chez moi. Mes parents n'ont pas vu Piet depuis qu'il est bébé, mais pas une seule fois je ne me suis plainte. Pas une seule fois je ne l'ai regretté. Pas une seule fois je n'ai juré contre l'inondation, la malchance, Dieu lui-même. Ou contre toi.

— Mais les pommes de terre de semence d'un homme sont son avenir. Elles représentent tout ce qu'il est.

— Rien d'autre ? Tu n'es rien d'autre ? Je n'y crois pas. Tu as de la rancune. Et tu veux savoir ? Ce n'est pas contre moi, à cause des pommes de terre. Ou parce que je n'ai pas vendu le tableau. Ou même contre Jantje. C'est à cause de l'inondation. Et tu veux savoir contre qui tu en as ? Contre Dieu. Il n'y a que le travail, pour toi, dans la vie. Planter, transporter, pelleter, creuser, c'est tout. La vie, c'est ça pour toi. Mais pas pour moi, Stijn. Pas pour moi. On a aussi besoin de beauté.

La pièce du haut était trop petite pour le contenir. Il sortit par la fenêtre en prenant avec lui Piet et Marta, se sentant encore de force à les emmener en excursion comme il l'avait promis et la laissant seule avec Jantje et Katrina. Leur première journée dehors tous ensemble depuis plus d'un an. Gâchée. En sanglotant, Saskia fit les cent pas dans la pièce exiguë et ramassa une bouse séchée qu'elle lança furieusement en direction du bateau qui s'éloignait. Elle ne parvint même pas à mi-distance.

Piet et Marta allaient passer un sacré moment avec cet homme. Bon débarras ! Elle se jeta si violemment sur le lit que le bébé fit un bond.

Stijn s'absenta la journée entière. Pour la première fois depuis l'inondation, la jeune femme eut peur. Naïve, elle avait cru que tout irait bien – ça allait toujours bien sur l'exploitation familiale de Westerbork –, mais Oling n'était pas Westerbork. Et Stijn n'était pas son père aimant.

Non pas qu'il fût peu affectueux. C'était juste que, au bout de huit ans, Saskia avait toujours du mal à distinguer son amour de ses soucis. Elle s'était trompée sur un point : l'espoir qu'entretenait son mari. Il était là, plus ferme que le sien, mais plus profondément enfoui dans le sombre terreau de son âme.

En fin d'après-midi, la jeune femme examina longuement le tableau et l'enferma dans un sac à blé vide dont elle cousit l'ouverture.

Au crépuscule, elle entendit les enfants chanter et la voix grave de son mari reprendre le refrain d'une ridicule rengaine enfantine, mais au fur et à mesure que la yole approchait, les voix faiblirent puis finirent par se taire. Un silence écœurant régnait au moment où Stijn lâcha les rames pour laisser l'embarcation flotter lentement vers la maison.

Par la fenêtre, Marta tendit à sa mère une poignée de fleurs sauvages bleues fanées. « Oh, merci, *liefje*. C'est de la cressonnette. » Elle regarda son mari entrer à la suite des enfants. Piet raconta en phrases trébuchantes tout ce qu'ils avaient fait, mais Stijn se taisait. Toute sa colère avait disparu, seule une certaine gêne subsistait.

— J'irai à Amsterdam, déclara la jeune femme. Après-demain. Demain je te préparerai de quoi manger et j'emmènerai les enfants. Alda peut me conduire à Woldijk en barque.

De là, elle prendrait un chaland pour Groningue, puis un autre, et encore un autre, jusqu'à Amsterdam. Ils mettraient deux ou trois jours à l'aller comme au retour, selon les correspondances.

Le matin du départ, la jeune femme sentit Stijn et Katrina la suivre des yeux tandis qu'elle emballait quelques affaires.

— Si tu peux en tirer près de 80 florins, lui dit son mari alors qu'ils se séparaient, prends-en 5 pour t'acheter un autre tableau. Quelque chose que tu aimes.

Assise sur un banc inconfortable à bord de la péniche partie de Groningue en direction du sud, Saskia se sentait comme une vagabonde entourée de tous ses biens. De temps à autre, la joie des enfants devant ce qu'ils voyaient perçait sa mélancolie. À quoi bon tout cela ? À quoi bon s'enthousiasmer pour l'existence, pour la vie de famille, pour une exploitation, pour une nouvelle variété de culture capable de nourrir l'univers entier si, ensuite, tout est englouti par le travail, lézardé de minuscules distances qui se creusent. Comment tout cela tient-il ?

Après Assen, ils durent attendre qu'une grosse péniche passe une écluse ; Saskia débarqua donc pour permettre aux enfants de courir le long de la chaussée. Une petite voie d'eau se dirigeait vers l'est.

— Est-ce le Westerbork Stroom ? demanda-t-elle à l'éclusier.

— Oui, m'dame.

Son cœur lui brûlait. Le Westerbork Stroom l'emmènerait directement à Westerbork *via* Beilen.

— Est-il en service ?

D'un signe de tête, l'homme lui indiqua un petit bateau plat dans l'attente du départ.

Juste retourner chez ses parents et se faire servir par sa mère autre chose que des pommes de terre – l'idée la fit réagir. La jeune femme appela Marta et Piet, installa Jantje sur sa hanche, rassembla ses affaires et déclara : « Les enfants, venez. On va voir vos grands-parents. »

Ils se dirigèrent vers le petit bateau plat tiré par un jeune homme et s'assirent sur le pont, le dos contre des caisses. De jeunes branches de saule retombaient, flottant avec grâce. La rue, haute et feuillue, s'épanouissait déjà, offrant des échappées de soleil jaunes et soyeuses, et chaque caneton pépiait pour fêter sa naissance. Le long des berges, les pommiers étaient en fleur. La brise souffla, des pétales ivoire tombèrent en pluie sur l'embarcation et les enfants tentèrent de les attraper. Elle se trouverait bientôt à Westerbork, où tout était beau et tout le monde gentil.

Une fois passé Beilen, son cœur se mit à battre à se rompre : le paysage lui devenait familier et sa paisible enfance se déroulait devant ses yeux. Sur la porte des fermes, elle reconnut les scènes rustiques semblables à celle qu'elle avait peinte sur la sienne, la seule du genre à Oling ou Appingedam. Le moulin à farine de Nooteboom était peinte en vert maintenant, avec une jolie porte rouge. Puis il y avait la petite église en pierre où elle allait enfant, où Stijn et elle s'étaient mariés. À sa vue, Saskia sentit une pointe de culpabilité, comme si, d'une certaine manière, elle avait été infidèle.

Sa mère éprouva d'abord un grand soulagement et une immense joie, elle se montra tendre avec les enfants, avec Jantje comme avec les autres, refusant de quitter le bébé des yeux. Saskia croyait la connaître comme sa poche mais lorsqu'elle lui montra la peinture et lui raconta tout, le sourire de sa mère se figea.

— Des pommes de terre de semence ! Mais réfléchis donc un peu !

— Je sais. Je sais. Puis-je m'installer ici un moment, le temps que Stijn surmonte ça ? Suffisamment longtemps pour que je lui manque ? C'est tellement agréable ici. Les violettes vont bientôt s'ouvrir et les enfants peuvent courir librement, ça les change.

— Tu vas laisser cet homme se rendre malade à force de se faire du souci pour toi ? Non. Tu pars demain. Pour Amsterdam. Les enfants peuvent rester avec moi. Récupère-les au retour. Il ne s'agit pas de vacances mais d'un devoir. Ce soir, mets-toi à genoux et remercie le Seigneur d'avoir un mari aussi travailleur que Stijn. Travailler, c'est montrer son amour, qu'il s'agisse d'un homme ou d'une femme, et tu es bien sotte si tu ne t'en rends pas compte. La bénédiction, c'est l'enfant, Saskia, pas la peinture.

Deux jours plus tard, seule à Amsterdam, la jeune femme longea l'Oosterdokskade en passant devant des poissonnières qui l'injurièrent car elle n'achetait rien. Saskia rentra la tête dans les épaules. Leurs persiflages l'amusaient. Tandis que ces femmes brandissaient de la morue dans leurs mains graisseuses et menaçantes, elle-même tenait dans les siennes un Vermeer.

Au bord du canal, des marchands d'épices avaient

disposé des sacs de poudre offrant toutes les nuances de jaune, d'orange, de rouge et de marron. Le vent fit voler les couleurs sur la jupe de Saskia, qui les secoua. Elle portait ses élégantes bottes de cuir à lacets et glissait le long du chemin pavé de briques en direction du Rokin avec un sentiment de puissance et de grâce. La jeune femme tenait dans ses mains un Vermeer. C'était une journée ensoleillée. Rien ne pressait.

Saskia parcourut toute l'artère à pied depuis le Dam jusqu'au Singel sans sortir la toile du sac, se contentant de jeter un coup d'œil à l'intérieur des magasins avant d'entrer et d'indiquer l'objet de sa visite. Elle trouva les marchands d'art bien étranges. Leurs enseignes avaient beau indiquer : REYNIER DE COOGE, NÉGOCIANT EN TABLEAUX, ou GERRIT SCHADE, EXPERT CONFIRMÉ EN OBJETS D'ART, ils vendaient non seulement des tableaux mais aussi des cadres, des pendules, de la faïence, des orgues à pédalier, et même des oignons de tulipes. La jeune femme présenta d'abord la toile à Gerrit Schade, dont les murs étaient couverts de scènes d'orgies de taverne ou de naufrages au milieu d'une mer démontée. Saskia soupçonna l'homme de ne pas savoir lire. Quand elle lui tendit le certificat, il l'écarta d'un geste et lui offrit 30 florins.

— C'est un Vermeer, insista-t-elle.

— Il ne me plaît pas particulièrement. Pas d'action. Donc rien de spectaculaire.

Saskia remballa la peinture et sortit.

Elle allait devoir se montrer extrêmement prudente. Dans les trois boutiques suivantes, elle apprit à dévoiler lentement la toile tout en observant le visage de son interlocuteur. Chez Hans Van Uylenburgh, la jeune femme remarqua que l'homme retint subitement sa respiration. Il lui en offrit 50 florins, et sa femme 55 quand Saskia hocha la tête en signe de refus. Une enseigne indiquait : MATEUS DE NEFF PÈRE, BELLES PEINTURES ET BEAUX DESSINS UNIQUEMENT. Bien. Saskia souleva le tableau en montant l'escalier raide. Lorsqu'elle le déballa, De Neff ne fit rien pour cacher son excitation.

— Renversant ! Splendide !

— C'est un Vermeer.

— Oui. Oui, bien sûr. Une trouvaille rare.

Il appela son associé et son épouse pour qu'ils y jettent un coup d'œil.

Saskia déplia le certificat ; l'homme le lut attentivement mais passa plus de temps à s'imprégner de la peinture.

— Regardez le carreau de la fenêtre. Aussi lisse qu'une lumière transparente. Pas un coup de pinceau n'est visible. Et observez le panier. Ces minuscules stries faites par les poils pour rendre la texture de l'osier. C'est ça, Vermeer.

Saskia tenta de voir ce qu'il voyait mais ses yeux se remplirent de larmes, et alors qu'elle posait pour la dernière fois sur la toile un regard avide, la jeune fille en blouse bleue s'estompa. Avant même que l'homme lui eût fait une offre, Saskia sut qu'elle lui vendrait la toile. Elle voulait la transmettre à quelqu'un qui l'aime. « Je l'ai intitulée *Éclat du matin* », déclara-t-elle d'une voix douce. Elle tenait à ce que ce titre accompagne la peinture.

Pendant que De Neff rédigeait l'acte de vente, Saskia fit le tour du magasin. Stijn lui avait dit qu'elle pourrait s'acheter un objet peu coûteux en échange. Certains tableaux représentaient des riches jouant du luth ou du virginal, d'autres, des châteaux en ruine à la campagne, des filles de cuisine récurant des marmites, des intérieurs d'église, Noé recevant des instructions divines, des éventaires de légumes sur un marché, un moulin à vent au bord d'une rivière. Saskia ne parvenait pas à se décider. Certaines toiles étaient jolies. D'autres intéressantes. Mais aucune ne lui parlait véritablement.

Le marchand compta 75 florins en pièces de 5, glissa l'argent dans une bourse de mousseline, la déposa délicatement dans la main de Saskia, dont il supporta le poids en glissant sa propre main dessous. Il regarda Saskia dans les yeux avec tendresse, referma ses doigts sur la bourse et les tapota.

Ce n'était pas 80 florins mais c'était quand même une victoire. Stijn aurait ses cochons. Jantje grandirait, l'aiderait dans les champs, et Stijn serait fier de son travail mais eux deux, son mari et elle, ne seraient jamais plus comme avant.

Sans se presser, la jeune femme franchit des ponts en dos-d'âne en laissant glisser ses doigts sur les parapets de fer, elle acheta cinq oignons de tulipe, un pour chaque membre de la famille, et, alors qu'elle conservait encore un souvenir très net de la couleur de la blouse de l'adolescente, elle acheta suffisamment d'écheveaux de laine de Leiden d'un joli bleu pour tricoter un pull soyeux à chacun de ses trois enfants.

# Trouvé parmi les papiers d'Adriaan Kuypers

LE JOUR où Aletta Pieters fut pendue, force me fut de reconnaître que, même à une époque éclairée, les superstitions demeuraient tenaces. Et le lendemain de sa pendaison, lors de l'inondation de la Saint-Nicolas de 1717, j'abandonnai les seules choses auxquelles je tenais.

La première fois que je vis Aletta, elle était au pilori dressé sur l'étroite place de Delfzijl, lançant des jurons d'une voix âpre et crachant sur les gamins du village qui la raillaient. Aucune des matrones qui l'observaient d'un air indigné ne réprimanda les enfants. Entre deux poings ivoire, les longs cheveux de la jeune fille flottaient follement, aussi fins que de la soie filée, couleur de néant, couleur du vent, légers, si légers, la faisant ressembler à quelque oiseau exotique pris au piège. Ses yeux, qu'aucun sourcil visible ne protégeait, lui donnaient l'air téméraire. Une lueur espiègle et suffisante passa de ces gamins à moi, étranger chargé d'un havresac et de livres maintenus par une sangle. Ses mains se détendirent, elle me provoqua en m'adressant un sourire impudique qui creusa sur sa joue une petite cicatrice en forme de x, puis avança les lèvres vers moi. Je dus rougir car la marque avait été imprimée avec minutie sur une joue de toute beauté. Le reste de son corps, caché par les planches du pilori, je me contentai de l'imaginer.

— Qu'as-tu fait contre les bonnes gens de Delfzijl pour mériter pareil châtiment ? lui demandai-je.

— Et pourquoi veux-tu le savoir ? ricana-t-elle.

Les gamins huèrent en signe de défi.

— On apprend plus dans la vie que dans les livres, monsieur l'Érudit, cria-t-elle. Approche un brin que je t'explique.

Venant de fuir, désenchanté, l'université de Groningue, j'avais encore la tête rase de l'étudiant.

— Tu ferais mieux de détourner les yeux, mon garçon, si tu veux que ça se passe bien pour toi ici, m'intima une imposante matrone. Une rien du tout, celle-là.

Une telle virulence ne s'accordait pas avec ce paisible village du Nord situé sur l'estuaire de l'Eem, où ma tante – chez qui je m'installai ce jour-là – habitait ; mais la singulière cicatrice ainsi que la folle chevelure incolore et superbement ébouriffée me séduisirent. J'avançai vers la jeune fille.

— Pas de crachat, la prévins-je.

— Allez, plus près, n'aie pas peur. Je vais te le susurrer.

Alors que je me penchais pour approcher mon oreille de son visage, ses cheveux effleurèrent ma joue, qui me picota comme sous l'effet d'un fin et frais brouillard ; Aletta tendit le cou à travers le trou du pilori et me lécha l'oreille.

— Prends ça comme un mauvais présage, cria-t-elle.

Les huées reprirent, et même si je marmonnai : « Petite effrontée », je reconnus qu'un novice comme moi l'avait bien mérité.

Le lendemain, je trouvai Aletta en larmes sur le sol de la maison de campagne de ma tante dans un monticule de jupes grises ; tout air de défi l'avait quittée. Elle examinait un petit tableau représentant une demoiselle d'environ son âge assise à une fenêtre. La gorge délicate d'Aletta Pieters était à vif. Je m'accroupis à ses côtés.

— Est-ce cette même jeune fille fougueuse qui, hier, était au pilori ? demandai-je.

Elle courut hors de la pièce en sanglotant.

— Que fait-elle ici ? m'enquis-je auprès de ma tante.

— Il y a un an, le pasteur l'a trouvée qui hurlait des imprécations sur la chaussée, il nous l'a amenée, immonde et délirante, et nous a déclaré : « Le Seigneur donne à l'isolé le séjour d'une maison. » Il nous a abreuvés d'injures jusqu'à ce que nous l'accueillions : « Pour une fois, soyez bons envers une pauvre créature de Dieu, pour le salut de votre âme. » Nous sommes donc tenus de la garder comme blanchisseuse jusqu'à ses dix-huit ans.

Je n'aimais pas tante Rika à cause de sa prétention mais je sentais combien sa situation était délicate, mariée comme elle l'était – par amour, j'ai le regret de le dire – à un négrier, un homme qui investissait dans des vaisseaux commerçant avec les Antilles – ce fameux commerce triangulaire qui, au su de tous mais dans le silence général, opprimait les corps et les âmes –, mais passion et circonspection vont rarement de pair. Cependant, Rika était avide de respectabilité. Faute de l'obtenir aux yeux de Dieu, elle devait se contenter de son apparent substitut aux yeux des hommes : tandis qu'oncle Hubert assistait à des réunions d'actionnaires à Amsterdam, ma tante se montrait généreuse, faisant des dons à l'orphelinat de Groningue et à l'église en vue de l'achat d'un orgue. Elle avait rempli sa demeure de meubles sculptés, urnes orientales, peintures, et entreprenait maintenant de s'occuper de sa maison de campagne, se rendant à Amsterdam pour des ventes aux enchères et faisant faire par un Amstellodamien un portrait d'elle en compagnie de son époux.

Quand Aletta fit observer que, sur le tableau, le visage de Rika commençait à ressembler au fantôme de la sorcière de l'île d'Ameland, ma tante, blessée, obligea la jeune fille à dormir dans la cuisine et à récurer le fond de toutes les marmites jusqu'à ce qu'elle pût voir s'y refléter sa cicatrice en forme de x. Par mesure de représailles, Aletta secoua en pleine nuit les rideaux du lit conjugal pour convaincre mon oncle et ma tante que les âmes d'Africains morts hantaient les lieux. Une nuit de brouillard, avant mon arrivée, elle passa devant leur fenêtre, la tête couverte d'un drap, proféra d'étranges paroles en gémissant et fit cliqueter des casseroles comme un fantôme traînant ses chaînes. Terrorisé, oncle Hubert tomba du lit et se fendit le crâne sur les marches.

Mais ce n'est pas la raison pour laquelle Aletta fut pendue. L'état de mon oncle lui valut seulement trois jours d'emprisonnement et cet après-midi au pilori. Auparavant, comme une vanne avait lâché, causant l'inondation du champ d'un fermier après que la jeune fille eut murmuré des paroles incohérentes en croisant l'homme sur le marché, elle avait été punie – correction, deux semaines de prison, entaille à la joue. « Je jouais simplement à la sorcière, avait-elle avoué à Rika. Je ne lui voulais pas de mal. » Aletta fut graciée en raison de son très jeune âge – quinze ans à l'époque –, bien que certaines villageoises eussent souhaité, dans l'intérêt de leurs fils, que la loi lui fût appliquée sur-le-champ dans toute sa rigueur.

En vérité, Aletta fut pendue pour avoir étouffé notre petite fille.

J'étais venu à Delfzijl pour étudier les moulins à vent auprès du maître constructeur de la région nord. Je m'étais jusque-là épuisé à tenter d'appliquer à ma propre vie les théories de Descartes, Spinoza, Érasme, et préférai désormais mettre en pratique le principe cartésien selon lequel la science peut, dans l'intérêt de l'homme, maîtriser les forces de la Nature. Je voulais élaborer des ouvrages pratiques – des appareils qui permettraient de dire l'heure, de pomper plus vite, de voir plus loin –, et non des théories ou des traités. Et je recherchais le commerce de la chair et du sang, pas celui de l'encre et des mots.

Aussi, lorsque je revis Aletta en larmes devant le tableau, je m'assis à ses côtés pour examiner la toile et tenter de comprendre pourquoi tant de beauté pouvait à ce point l'affliger. La tendresse qu'on lisait sur le visage de la jeune fille indiquait que la peinture reflétait l'amour et l'intimité – ce dont, supposai-je, la vie d'Aletta Pieters était dépourvue. La bouche de l'adolescente, dont les commissures brillaient, était entrouverte, comme si une idée surprenante venait de lui traverser l'esprit, et cet effet lui conférait une stupéfiante réalité. À mes yeux, elle incarnait le principe cartésien : « Je pense, donc je suis. » Elle était tout ce qu'Aletta n'était pas – paisible, raffinée, contemplative.

Quand Aletta finit par se calmer, je lui demandai ce qui l'avait fait pleurer.

— Papa disait qu'elle avait des yeux comme ça, comme des lunes bleu pâle, et des cheveux comme les siens, de ce brun doré, toujours nattés. Elle est morte à ma naissance.

— Pourquoi ne pas te faire de nattes ? Peut-être aurais-tu l'impression de lui ressembler.

— J'ai essayé des centaines de fois. Mes cheveux s'échappent. Rien ne tient. D'après moi, c'est une malédiction, conclut-elle, et devant cet échec ses yeux s'emplirent de larmes.

— Tes cheveux sont magnifiques tels qu'ils sont.

— Les gens pensent qu'ils sont faux. Des faux cheveux, signe que des bandits vont bientôt attaquer, et donc on me hait.

— Tu ne le sais pas de source sûre, fis-je observer en me détournant pour dissimuler un sourire.

Aletta haussa les épaules. Son cou n'avait toujours pas cicatrisé. Ce serait dommage qu'elle conserve des stigmates, mais rares sont ceux qui traversent l'existence sans être marqués.

— Où est ton père ?

— Il s'est fait marin sur un négrier et n'est jamais revenu.

— Qui t'a élevée ?

— Grand-père. Ma grand-mère est morte jeune. Comme toutes les mères avant elle. Une méchante voisine avait prononcé une malédiction contre mon arrière-arrière-grand-mère Elsa en déclarant qu'aucune fille de sa famille ne vivrait longtemps. Elle disait qu'Elsa avait mis du *pishogue* sur sa baratte. Alors, après sa mort, ils ont attaché ses pouces à ses doigts de pied et ils l'ont traînée dans le canal ; elle a coulé, ce qui indique bien son innocence. Une cigogne a même survolé le canal pour le prouver.

— Aletta, les sorcières et les malédictions, ça n'existe pas. Tu n'as aucune preuve.

— Sûr que les sorcières existent ! Grand-père les a entendues chuchoter près de ma mère la nuit qui a précédé ma naissance, affirma-t-elle avant de lever des yeux implorants sur la toile. Tu crois que, quelque part, des filles vivent vraiment comme ça, assises, l'air paisible ?

Ni un oui ni un non ne l'aurait rendue moins mélancolique. Il n'existait aucun mot que je pusse lui offrir pour réduire la distance qui la séparait de l'adolescente du tableau.

Le dimanche après-midi, une fois libéré de l'enseignement de mon maître, j'allais me promener.

J'adorais ces plates étendues domestiquées du Nord, qui présentaient peu d'obstacles au vent. Ici, la plupart du temps, le vent aidait l'homme à exploiter scientifiquement la terre – Descartes mis en pratique. Cependant, le fait que mes compatriotes dépendaient entièrement de sa constance ne laissait de m'inquiéter. Qu'adviendrait-il s'il leur fallait assécher le sol un jour sans vent ? Dans ce monde, mille choses restaient à apprendre.

Un dimanche, je traversai la tourbière entre le village et la côte, à proximité des petites rangées de misérables chaumières en tourbe dans lesquelles vivaient les ouvriers. Année après année, à coups de bêche, ils détachaient du sol situé sous leurs pieds des blocs noirs utilisés comme combustible, vendant ainsi leur propre terre, une briquette après l'autre. Certains nivelaient l'argile restée en surface, puis la mélangeaient à du fumier et à du sable rapporté d'une plage afin de rendre le sol propre à la culture du sarrasin. Mais comme il s'agissait d'un travail pénible et très long, d'autres attendaient que les trous qu'ils avaient creusés se remplissent d'eau, ne laissant que de hauts chemins rectilignes. D'après moi, cette pratique ne faisait que rendre cette terre plus habitable pour les grenouilles que pour les hommes. L'eau suintait de partout. La tourbe se confondrait bientôt avec les marécages soumis à la marée le long du grand estuaire.

Je m'arrêtai pour regarder des foulques enfoncer leur bec dans la boue, une sarcelle se lisser les plumes, des poules d'eau construire leur nid dans l'herbe des dunes, et je pris conscience d'un cri d'oiseau différent du grognement guttural de la foulque. Il ressemblait davantage au cri de l'oie sauvage. De l'autre côté d'un vaste étang, Aletta était accroupie derrière des branches d'osier, les jupes relevées pour éviter la boue, les jambes nues jusqu'aux cuisses. Elle ne portait pas de bas noirs en tricot comme les autres femmes, et sa peau laiteuse qui ressortait sur la boue me causa une forte et plaisante émotion. Le ciel était trop sombre pour qu'une silhouette se reflétât dans l'étang, ce que je déplorai. Les mains en coupe devant sa bouche, Aletta refit le cri de l'oiseau, insistant, impétueux, plein de désir. Le mouvement de ses cheveux fit vaciller mon âme. J'avais l'intention de poursuivre ma promenade et de jouir de ma solitude mais, pris d'une impulsion, je contournai l'étang et parvins derrière elle.

— Que fais-tu ? lui demandai-je.

— Baisse-toi, murmura-t-elle en tirant vivement sur mon bras. J'ai aperçu une cigogne ici l'autre jour et je veux voir si elle revient. Ces oiseaux portent bonheur. Celui qui réussit à faire manger une cigogne dans sa main n'aura jamais faim.

Je ricanai.

— Ne te moque pas de ce que tu ne connais pas, monsieur l'Érudit. Si une cigogne niche sur ton toit, tu deviendras riche. Je le sais. J'ai grandi sur l'île d'Ameland.

Mon envie de rire face à ces candides convictions enflamma le petit x sur sa joue. Aletta retroussa ses jupes, s'enveloppa dans son châle en tirant dessus d'un coup sec, sa fière poitrine se soulevant et retombant de dépit, puis elle s'éloigna de quelques pas, avançant les lèvres en une adorable moue.

— Quel braillard ! Tu as tout gâché maintenant.

— Alors viens te promener avec moi.

Comme elle ne bougeait pas, je partis seul, déçu. Je remarquai bientôt un oiseau blanc aux longues pattes noires qui pataugeait. « Aletta ! criai-je. Une cigogne ! »

La jeune fille traversa bruyamment l'herbe marécageuse, nous éclaboussant tous deux d'eau boueuse. « Oh, ce n'est qu'une vieille spatule. Pas d'ailes noires. Pas de pattes rouges. » Elle me suivit le long du chemin resserré situé à proximité de la colonie de tourbiers.

Le rouf d'un chaland à voiles en route pour Groningue, où il livrerait sa tourbe, dominait la digue du Damsterdiep.

— Que se passera-t-il quand ils auront tellement bêché que leur propre maison s'enfoncera dans la tourbière ? demandai-je à Aletta.

— Ils déménageront.

— Tu ne comprends pas. Il y a sûrement une meilleure solution.

— En attendant, ils doivent vivre.

Aletta arracha des rameaux d'osier juste devant une chaumière et, tandis que nous marchions, elle en battit l'air pour éloigner les insectes. Elle était maintenant suffisamment proche pour que me parvienne l'odeur de sel et de varech de ses cheveux flottant au vent.

Nous suivîmes le canal sous les ormes. Aletta me captiva avec de sombres histoires que lui avait racontées son grand-père – récits de naufrages, de marins, de femmes contraintes par une malédiction à rester à bord en compagnie de ces individus sans jamais pouvoir poser le pied sur la terre ferme, ligotées qu'elles étaient au beaupré dès que le navire entrait dans un port. Aletta prétendait que Varick, son arrière-arrière-grand-père, était le gardien du phare d'Ameland au bord de la mer des Wadden. Il s'était enrichi en émettant de faux signaux qui faisaient s'échouer les bateaux marchands, ce qui, m'expliqua-t-elle, lui permettait de recueillir la cargaison dans une yole ou d'aller la récupérer à pied à marée basse. Aletta m'en parla sans aucune honte mais avec ce que je crus être de l'admiration pour l'intelligence de cet aïeul. Elle me narra comment des femmes de marins avaient préparé un onguent cicatrisant en mélangeant la mousse avec laquelle elles avaient savonné le crâne d'une personne qui avait péri de mort violente à deux cuillerées de sang humain, un peu de saindoux, de l'huile de lin et de la cannelle de Java. Elle me montra une coquille de noix remplie de têtes d'araignées, qu'elle portait attachée à un cordon pour se prémunir contre les fièvres. Je ne vis que la douce peau sur laquelle reposait la coquille. Quand Aletta me conseilla de poser le soir mes chaussures à l'envers, comme elle, pour chasser les sorcières, je ris ; ses yeux se plissèrent, dévoilant une âme ténébreuse. Bien que tout cela me parût fantasque et séduisant, je vis que la pauvre fille était hantée par bien des démons.

Devant le pont basculant du canal, je m'arrêtai pour en étudier le mécanisme. Ponts, moulins à vent, écluses et digues me fascinaient depuis l'enfance, et je m'étonnai tout haut de la parfaite complémentarité de ces mécanismes.

— Peu importe comment ça marche, déclara Aletta. Le jour où le loup des mers voudra franchir ces digues, il le fera, et aucun tas de boue et d'algues ne l'arrêtera.

Je ne me laissai pas intimider. Nous traversâmes le canal et au moulin de Farmsum, avec l'accord du meunier, j'expliquai à Aletta le fonctionnement des moulins employés au drainage. Dans la province de Groningue, il s'agissait essentiellement d'appareils capables d'élever l'eau grâce à une énorme vis d'Archimède gainée et immergée en position oblique au fond d'un grand fossé. Comme Aletta n'était jamais entrée dans un moulin à vent, elle resta debout, ahurie, les bras croisés sur la poitrine de crainte de toucher quoi que ce fût. Lorsqu'elle comprit comment le mouvement des ailes faisait tourner chacune des pièces, je ressentis un bonheur extraordinaire, indescriptible.

Tout en expliquant, je m'aperçus que la roue de l'arbre comportait soixante-huit dents, celle de l'engrenage trente-quatre au niveau de la lanterne comme de la couronne inférieure, et que l'engrenage au sommet de la vis d'Archimède en possédait également trente-quatre. À chaque tour d'aile, la vis tournait donc deux fois. Si sa tête n'avait plus que dix-sept dents, calculai-je, ne pouvait-on supposer que le rapport passerait de un à quatre, et donc que le sol serait drainé deux fois plus vite ? Ou avec moitié moins d'énergie ? Et si la pale en spirale de la vis était plus large, la quantité d'eau s'élevant à chaque tour augmenterait.

— Pas si vite. Réfléchis à la quantité d'énergie nécessaire pour faire remonter plus d'eau, remarqua le meunier.

Nous parlâmes fort longtemps, tandis qu'Aletta suivait une cane et ses canetons dans le fossé. Aussi la pluie nous surprit-elle sur le chemin du retour. Elle faisait des bulles, formait des flaques sur les briques de la place, et bien qu'elle portât des *klompen*, Aletta refusait de traverser ces flaques lorsque les bulles crevaient. Ç'eût été profaner le souffle de Dieu que de le laisser remonter sous ses jupes, m'expliqua-t-elle avec de grands yeux qui exprimèrent alors une gravité que je trouvai charmante.

Lorsque, trempés jusqu'aux os, nous arrivâmes ensemble à la maison, Rika me prit à part.

— Tu devrais faire attention avec cette fille, Adriaan. Pas deux sous de jugeote. Par défi, elle serait capable de marcher sur une plaque de glace formée en l'espace d'une nuit. Si tu continues à la fréquenter, tu devras trouver une autre tante pour t'héberger. Si Hubert était là, il dirait la même chose.

Tours d'églises, toits tournants de moulins à vent, chaussées, tous offraient une vue sur la plate étendue autour de Delfzijl. Rien n'était caché, les affaires de chacun devenaient ainsi celles de tous, ce qui, je le compris, correspondait exactement à ce que souhaitaient les gens. Pour faire parade de sa vertu, Rika ne fermait même jamais ses rideaux. L'unique endroit où Aletta et moi pouvions nous rencontrer sans être vus était le clocher de l'église, juste sous les chevrons, état de choses qui nous projeta dans l'intimité plus rapidement que si on nous avait permis de nous promener ensemble sous le vaste ciel le dimanche après-midi. C'est Aletta qui eut l'idée de chercher refuge dans l'église. Puisqu'on sonnait la cloche d'en bas, nous ne serions pas découverts, et l'église n'était jamais fermée à clef, m'avait-elle expliqué. J'aimais son mépris de la piété convenue, et pourtant son propre code de conduite était aussi strict que celui de n'importe quel calviniste.

Dans un pays aussi plat, la hauteur provoquait une sorte d'ivresse qui écartait prudence, sérieux et dévotion. Au-dessus de l'étroite bande du village, nous nous sentions tels des passagers clandestins embarqués sur un navire en partance pour quelque île de délices dont les bonnes gens de Delfzijl redoutaient même de rêver, de peur que cette seule pensée les envoyât en enfer. Avec Aletta, j'étais dans un autre monde, attiré par tout son être. Je devins incapable de lire le soir. Désormais, sa voix de petite fille m'émouvait aussi sûrement que des mois plus tôt celle, silencieuse, des sages, et son odeur de sueur et de savon noir me faisait trembler d'excitation.

Sous les chevrons sacrés, Aletta répondait à chacune de mes timides et formelles avances avec force murmures de reconnaissance et de désir, jusqu'à cet après-midi de printemps où, dans la sombre église, le flot menaça de me submerger. Je m'écartai et elle eut un rire qui me fit me sentir puéril. En tirant légèrement sur le cordon de sa chemise, je découvris par hasard qu'elle portait entre les seins une fève porte-bonheur. Je renversai la jeune fille en arrière et embrassai les deux ovales roses de peau tiède où la fève avait appuyé. Sous ses épaisseurs de jupes grises, Aletta se cambra pour me rencontrer, avec instance, urgence, bien au-delà du supportable. Ses cuisses s'ouvrirent, et nul paradis n'exista plus pour moi à part Aletta. Aletta. *Aletta.*

Je m'attendis ensuite à la voir, le regard vaguement distant, se demander si elle devait éprouver de la honte. Mais elle ajusta ses vêtements et déclara :

— Voilà, ça y est.

— Ça y est ?

— Tu veux m'épouser.

Sa naïveté me coupa le souffle. Je ne répondis rien, ni oui ni non. C'était inutile. Sa confiance dans la fève lui garantissait tout ce en quoi elle voulait croire. Le matin du jour où je devais remettre au constructeur mes croquis d'un modèle perfectionné de moulin, je trouvai la fève dans la poche de mes culottes. Pour sûr, c'était la même, tachetée, sacrifice énorme. Je m'apprêtais à la jeter quand un élan de tendresse me fit la remettre dans ma poche. On eût dit quelque gage d'amour.

Une nuit, peu de temps après, Aletta entendit dans la maison de Rika un fort raclement suivi d'un fracas. Elle traversa les pièces à toute allure pour trouver la cause de ce vacarme, et lorsqu'elle découvrit que le portrait de la jeune fille était tombé du mur, elle hurla, recula, la poitrine gonflée, et tira sur ses cheveux. Ma tante, mon oncle, tout le monde fut réveillé, et Rika lui fit boire du lait chaud pour la calmer. Je lui montrai que le cordon usé, au dos de la peinture, s'était brisé mais elle demeura inconsolable.

« Attention. Il va se passer quelque chose de terrible. » Rien ne l'apaisa jusqu'à ce que je la serre dans mes bras, ce qui révéla à Rika un peu plus que ce que j'avais prévu.

Le lendemain matin, ma tante me suivit dehors au moment où je partais chez le constructeur de moulin.

— Elle n'est nullement habitée par le Saint-Esprit, Adriaan.

— Tu te trompes, Rika. Elle a une incroyable force d'âme, et un tel courage est impensable sans la présence du Saint-Esprit. Avec tous ces démons qui la poursuivent, c'est par la seule grâce de Dieu qu'elle croit encore suffisamment pour respirer.

Je me détournai et m'en allai ; cette force d'âme avait une grande influence sur moi, et je n'en étais pas surpris.

Pour la naissance, nous avions projeté de traverser la mer des Wadden à marée basse jusqu'à l'île d'Ameland où Aletta devait hériter. Personne ne vivait dans la grande maison sinon son grand-père, sourd et âgé, et le gardien. Nous pourrions y rester en attendant de prendre une décision, mais en cette fin du mois de novembre, le vent violent s'accompagna d'une pluie battante, et il nous fut impossible de faire la traversée ou même de demander à un harenguier de nous emmener là-bas ; Aletta fit croire qu'elle s'était enfuie mais je savais où elle se trouvait.

En cachette, elle avait petit à petit apporté jusqu'au clocher de la paille, une couverture, de l'eau, du pain, des bougies et un vieux panier de chiffons propres.

Chaque jour, alors que nous attendions le temps de sa délivrance, je lui rapportais un cruchon d'ale de la taverne ainsi que de la nourriture volée dans la cuisine de tante Rika. Elle me demanda du pain beurré et du fromage au lait de brebis qu'elle avalerait juste après l'accouchement et souhaita pouvoir emmailloter le nourrisson avec une feuille de chou dans le cas d'un garçon, un bouquet de romarin dans celui d'une fille. De crainte de la mettre en colère, je me conformai à ses désirs. À l'époque, j'aurais fait tout ce qu'Aletta me demandait.

Je la regardai même attentivement verser de la cire fondue dans un bol d'eau. Une fois les gouttes durcies, elle les avait alignées pour en étudier la forme. Alors son visage s'était tordu, la souffrance l'avait creusé de sillons, et d'un geste brusque elle avait ramassé la cire.

— Eh bien ? Ça signifie quoi ? demandai-je, honteux de ma propre curiosité face à ce qui n'était que du folklore.

— Je ne peux pas te le dire. Ça se réalisera si je te le dis.

Son attitude me rendit fou. J'avais perdu la raison, tout ce que j'avais cru être vrai m'échappait.

Malgré mes supplications, Aletta refusa la présence d'une sage-femme. Elle m'apprit que toutes celles de Delfzijl avaient juré de dénoncer les naissances illégitimes au conseil des échevins, qui pouvait alors prendre l'enfant, et que j'allais devoir m'en charger. Quand l'heure fut venue, elle me prévint en suspendant son châle au grillage de pierre situé sous l'avant-toit, alors j'inventai une excuse pour quitter mon maître et traversai la place sous la pluie. Je trouvai Aletta agrippée au chevron situé au-dessus de sa tête.

— Tu n'as pas intérêt à te trouver mal, me dit-elle.

Elle m'expliqua ce que je devais faire, et je le fis.

Un jour, Aletta m'avait déclaré qu'aucun homme avant moi ne lui avait fait l'amour, mais sa parfaite connaissance de l'accouchement ainsi que l'absence chez elle de toute peur me firent me demander, juste avant l'arrivée du bébé, s'il s'agissait vraiment de son premier.

Je me sentis faiblir devant la grandeur de ce que j'avais sous les yeux – le sang, l'odeur – et de ce que je tenais – la vie tremblotante. « Un beau et vigoureux garçon », parvins-je à articuler. Aletta ne fit que gémir. Je lavai l'enfant, l'installai dans le panier et préparai mes mains pour ce qui, m'avait expliqué Aletta, sortirait doucement, lorsqu'elle se remit à hurler – cris étouffés par la pluie battante. Elle poussa de toutes ses forces et une autre tête apparut. Tremblant, je la soutins dans le creux de ma main.

— Des jumeaux, c'est un des pires présages, déclara plus tard Aletta. Et celle-là, elle a la lèvre fendue comme celle d'un chat ou d'un lièvre. Sûrement la marque de la griffe du Malin.

— Absolument pas, protestai-je avec moins de fermeté que je ne l'eusse souhaité.

Je n'avais d'autre solution que d'installer Aletta le plus confortablement possible et de rentrer chez Rika.

Le lendemain, quand je lui apportai son déjeuner, Aletta m'apprit que la fillette ne pouvait téter sans que le lait lui ressortît par le nez.

— Elle vivra peu, sous les sarcasmes, elle deviendra méchante, sauvage, et puis elle mourra de solitude. Vaudrait mieux qu'elle soit déjà morte. Vaudrait mieux envoyer cette pauvrette à son Créateur avant qu'elle ne s'habitue à la vie.

— Aletta, ne va pas imaginer ce genre de chose.

Je redoutai de la quitter mais il me fallait rentrer pour échapper à la suspicion. « Si tu lèves la main sur cette enfant, tu mettras en danger ton âme immortelle », déclarai-je en partant. Je regardai durement la jeune femme et la priai de ne pas bouger en attendant mon retour. Je restai au lit toute la nuit sans pouvoir dormir, à écouter le tonnerre fendre l'univers.

Le lendemain matin, une pluie torrentielle battait le toit sous lequel je travaillais au modèle réduit d'un moulin à vent, sculptant une vis d'Archimède avec une petite tête et de larges pales. Je priai pour que la pluie continue et couvre les pleurs de bébé que les villageois risquaient d'entendre. Chargé de lait et de nourriture, j'entrai discrètement par la porte latérale de l'église, perçus la fétide odeur de moisissure et grimpai l'escalier en bois en proie à une horrible appréhension.

Aletta donnait le sein au garçon, la main derrière son petit crâne. Le panier était vide.

— Où est la fillette ?

— Tu dis un mot, Adriaan, et pour sûr on me passe la corde autour du cou, rétorqua Aletta, la lèvre mordue, gonflée, en me fixant d'un air féroce.

— Mon Dieu, Aletta !

— Que sais-tu, monsieur l'Érudit, des droits d'une mère ?

— Qu'en est-il de ceux d'un père ?

— Tu n'as pas lu dans les gouttes de cire, Adriaan. Je n'avais pas le choix.

— Dis-moi où elle se trouve.

Aletta détourna la tête. Je regardai ses mains et distinguai de la terre sous les ongles. De la boue maculait sa jupe, son coude, sa joue.

— Dis-moi où.

Son extraordinaire froideur témoignait du cataclysme de manière plus convaincante que la boue. Une dispute semblait aussi vaine que les reproches mutuels d'Adam et Ève dans le jardin d'Éden. Je ne supportais pas de la regarder. Elle s'était défaite de son âme.

Même à cette occasion, la nature lui fit obstacle. Aletta n'avait pas creusé assez profond et la pluie emporta la terre meuble. Le lendemain, des villageoises découvrirent la pauvre enfant dans la boue. Les échevins se rendirent directement chez Rika et ma respectable tante leur apprit qu'Aletta s'était enfuie. Il ne leur faudrait pas longtemps pour la trouver, je le savais. Dans ce vertueux village de Delfzijl, on pouvait aussi peu dissimuler l'iniquité qu'un moulin à vent sur une laisse de vase. « Fouillez les moulins. Fouillez les granges. Fouillez l'église. Elle est sûrement quelque part », dit tante Rika à l'échevin Coornhert avant de me jeter un regard de défi.

Quelques heures plus tard, Aletta franchit en trombe le seuil de la maison en hurlant : « Adriaan ! Maîtresse ! Empêchez-les de m'emmener ! » Luttant contre les échevins qui l'empoignaient, elle me cria : « Empêche-les de savonner mon crâne !

Empêche-les, Adriaan. Je t'aurai prévenu ! » Son regard me paralysa mais personne ne semblait remarquer ma présence, et tout ce que je pus dire se perdit au milieu des bras d'Aletta s'agitant contre leur poitrine, de ses cheveux fouettant leur visage. Ils avaient celle qu'ils voulaient.

Après leur départ, je restai longtemps, interdit et désarmé, sur le seuil de la porte.

— Tu ne penses qu'à ton amour pour elle, Adriaan, dit Rika d'une voix douce. Viendra un temps, même si tu ne peux pas encore te l'imaginer, où tu seras incapable de te souvenir de son visage.

Je regardai ma tante, sa tresse roulée avec suffisance sur le sommet de son crâne, pas un cheveu en désordre.

— Tu ne sais pas de quoi tu parles.

Je passai deux splendides journées dans le clocher en compagnie du nourrisson. Plusieurs fois par jour et durant toute la nuit pluvieuse, je trempai un coin du châle d'Aletta dans du lait de brebis donné par le fils de mon maître et fis téter le bébé comme j'avais vu un fermier le faire avec un agneau orphelin, le petit doigt dans la bouche de l'animal. Je l'imitai, bien que j'ignorasse comment tenir correctement l'enfant. Je tentai de me rappeler la manière dont Aletta s'y prenait. Une fois repu, le bébé ouvrait brusquement ses bras, qui battaient l'air, et plissait ses yeux bleus. J'explosai littéralement de joie quand sa minuscule main potelée, dont les ongles ressemblaient à des fragments de cire de bougie, accomplit son premier miracle : elle saisit mon index.

Le troisième jour, l'enfant sembla apathique. La faim commençait à le tenailler. Tandis que je le nourrissais, la vérité à laquelle je m'étais refusé m'apparut clairement : j'allais devoir le confier à une personne capable de s'en occuper. J'emmaillotai le nourrisson dans des chiffons propres, l'installai chaudement au fond du panier caché dans le clocher et partis en quête de quelqu'un. Tout en marchant, il me vint à l'esprit qu'à Amsterdam Descartes avait eu un enfant de sa servante. Mais Descartes était parvenu à l'élever comme le sien. Aucune maison de Delfzijl ne présentait, suspendu sous son avant-toit, un petit panneau en bois recouvert de tissu rouge annonçant l'arrivée d'un bébé, mais à quoi bon ? Si on soupçonnait cet enfant d'être celui d'Aletta, personne n'en voudrait.

Quand je le nourris la fois suivante, je réussis à faire couler le lait goutte à goutte le long de mon doigt jusque dans sa bouche et je crois qu'il en but davantage, mais le temps manquait.

Je traversai le pont glissant du Damsterdiep en direction de Farmsum. Sur le chemin, les employés du Conseil des digues de Delfzijl et de celui de Farmsum évaluaient l'étendue des infiltrations et tassaient la terre tandis que des fermiers installaient des batardeaux aux endroits suspects. À Farmsum, il n'y avait pas non plus de panneau de naissance. Je retournai nourrir le bébé puis m'enfonçai dans les terres sous un crachin ininterrompu et longeai les rives du fleuve en direction de Solwerd à travers des champs spongieux imbibés par huit jours de pluie.

Là, les fermiers construisaient des rampes en terre pour les animaux et, à l'aide de palans fixés aux poutres des toits, ils hissaient les provisions dans les pièces du haut et le grenier des granges. Pas non plus de panneau à Solwerd. J'aurais pu aller jusqu'à Appingedam mais si je n'étais pas rentré pour le dîner, ma tante m'aurait demandé où j'étais passé. Je nourris une fois de plus le bébé et arrivai trempé à la maison. Comme mon oncle se trouvait à Amsterdam, Rika me demanda de porter à l'étage son coffre à épices en acajou. Bien qu'il fût vidé de ses quarante-huit tiroirs, j'y parvins à peine et m'écroulai dans mon lit, épuisé.

Je traversai péniblement une nuit d'insomnie. La pendaison d'Aletta Pieters devait avoir lieu le lendemain à midi. Y assister reviendrait à vivre avec cette chose horrible jusqu'à la fin de mes jours. Ne pas y assister serait abandonner la jeune femme. Mieux valait le souvenir que la trahison, décidai-je.

Une pendaison à midi ne manquerait pas d'attirer du monde, et si j'allais plaisanter avec les garçons du village devant le *raadhuis*, la mairie, personne ne se douterait de rien, mais quand la cloche de l'église sonna onze coups et que la pluie se remit à tomber, je trouvai la place vide. Si j'étais le seul spectateur, on ne manquerait pas de me considérer comme le père. Mais ce n'est pas la raison pour laquelle je poursuivis ma route. Il m'était simplement insupportable d'assister de si près à un tel spectacle. Dans un acte d'extrême lâcheté, je traversai la place et grimpai dans le clocher de l'église. Depuis le grillage de la fenêtre, j'apercevais le *raadhuis*, où la potence avait été dressée. Peut-être Aletta lèverait-elle les yeux par ici.

Le fracas assourdissant de la pluie sur les tuiles des toits s'amplifia en un rugissement qui, je l'espérais, noierait le carillon de midi. Quand les cloches annoncèrent la demie, les flaques s'étaient rejointes pour former de grosses mares et des hommes traversaient les tourbières avec leurs chariots chargés d'immenses nattes faites de branches de saule entrelacées, de planches, de briquettes de tourbe, de sacs de sable, de pelles, de pieux et de lanternes fixées au bout d'un piquet. L'inondation préoccupait tout le monde ; aussi, personne ne vint assister à la pendaison d'Aletta Pieters. Seuls restaient les échevins chargés de présider à l'exécution, l'officier de justice, des femmes s'efforçant de faire monter leurs vaches à l'étage, des jeunes filles transportant jusqu'aux greniers draps, couvertures, réserves de vivres et de tourbe, et des garçonnets fixant des yoles aux poutres des toits à l'aide de longues cordes.

Quand la charrette apparut, Aletta était ligotée à un poteau, les bras fixés le long du corps. Elle n'avait plus un seul cheveu ! Une violente colère me prit à la gorge. On l'avait tondue. Préparée pour être savonnée, s'était-elle sûrement dit. Sans doute la femme du geôlier avait-elle tout simplement voulu ses cheveux pour leur couleur étrange afin d'en faire des boucles de ceinture. Quiconque tenterait l'expérience serait maudit. La soyeuse chevelure d'Aletta ne tiendrait jamais.

Je tenais le bébé devant moi avec maladresse, son visage tourné vers l'extérieur. Le premier spectacle qu'il aurait du monde du dehors serait la pendaison de sa mère. Il avait tant à apprendre. Je fis passer un coin du châle d'Aletta par la fenêtre pour lui indi quer que nous regardions et priai pour qu'elle le vît. Je crois qu'à ce moment précis elle se redressa et tendit le cou, comme si Rika elle-même l'observait. Rien dans son attitude ne reflétait la honte de mourir d'être envoyée à la mort. Aletta scrutait les cieux. J'espérai qu'au milieu de tout ce gris elle pourrait apercevoir une cigogne. Ou une bulle qui éclate, lui indiquant que Dieu respirait tout autour d'elle. Sa robe grise et trempée la moulait et laissait voir le magnifique petit renflement de son ventre. Je luttai pour ne pas succomber à ce qui, pour moi, s'approchait le plus de l'amour.

La pluie tombait à verse sur les briques de la place, une pluie diluvienne qui cognait contre les carreaux. Et derrière ces carreaux se trouvaient très certainement des gens, bouche bée, en train de maudire cette pluie qui leur masquait la vue. Tel un général, l'échevin Coornhert faisait les cent pas sous l'avant-toit du *raadhuis* derrière un rideau de pluie. Allez, au travail ! Bras pointilleux de la justice provinciale. Qui n'aurait courroucé personne s'il avait exécuté ses jugements trop tôt, trop tard ou pas du tout. Mais l'ordre. L'ordre avant tout. Dussent la terre gorgée d'eau disparaître et la mer engloutir les montagnes, l'ordre avant tout. Ils feraient attendre Aletta sous une pluie glaçante, le crâne rasé, pendant une ultime et détestable demi-heure afin de la pendre à midi pile. Le faible tremblement de ses lèvres gonflées aurait dû leur faire honte et les inciter à la compassion, même s'il se fût uniquement agi d'avancer l'heure de sa mort.

Juste derrière moi, l'imposante cloche retentit. Dans mes bras, le bébé eut un mouvement brusque. Je le serrai plus fort. Le carillon résonna dans ma poitrine tout en égrenant lentement, pompeusement, les douze coups de midi.

Si son point de vue avait été autre, Aletta aurait-elle goûté l'effet d'ensemble – l'air gris de pluie, la potence et, derrière, le *raadhuis*, bâtiment de pierre quelconque d'un gris un peu plus foncé ? Aurait-elle remarqué la pluie qui ruisselait de ses doigts, les prolongeait, les faisant ressembler à des racines sombres et liquides, telles des mains de sorcière ?

J'allais regarder ses mains, rien que ses mains, même si je ne pouvais distinguer l'endroit où elles s'arrêtaient et où l'eau commençait. La pluie ruissela de ses doigts, jusqu'à cette soudaine et indubitable secousse que je vis – et verrai toujours –, Aletta se mit alors à donner de violents coups de pied, désordonnés et continus, qui lui arrachèrent ses *klompen*. Je revois encore ses mains faisant le geste de repousser l'eau avec énergie. Puis l'instant d'après, ces mêmes mains et ces mêmes pieds immobiles, pendant doucement parmi les fines cordes argentées.

Mon âme frémit.

Je tournai le dos à la fenêtre et gardai la tête penchée au-dessus de l'enfant jusqu'à ce que s'évanouisse l'écho du douzième coup. « Père, donnez-nous Votre bénédiction, donnez-nous Votre paix avant notre dernière heure », murmurai-je, et mon souffle fit bouger les cheveux duveteux du bébé.

« Envoyez sur nos âmes en attente la paix qui dépasse toute intelligence. »

Derrière mes paupières closes, je revis la secousse, l'eau repoussée, les pieds, déchaînés puis immobiles.

Quiconque s'était tenu suffisamment près pour se faire mouiller devait s'attendre à connaître un sort funeste ayant un rapport avec l'eau, aurait peut-être déclaré Aletta, le moindre malheur étant d'avoir la bouche en lambeaux après s'être brûlé avec du thé et le pire, de mourir noyé par l'inondation qui ne devait pas tarder. La jeune femme aurait parlé de la « malédiction de l'eau repoussée ».

Suivit un rapide carillon donnant l'alarme. J'installai douillettement l'enfant dans le panier, le laissai dans le clocher, trébuchai dans l'escalier que je distinguais à peine et rejoignis les quelques villageois encore en train de traverser les tourbières en courant. La pluie chassée par le vent me piquait le visage, je glissai, tombai. Tout le long du canal, les moulins à vent s'étaient arrêtés, leurs ailes en position d'alerte.

À certains endroits, des gerbes d'eau fouettées par le vent franchissaient la jetée. La mort, sombre, impersonnelle, léchait le continent. Dégouttant d'écume sur toute la digue, le loup des mers qui hantait les cauchemars d'Aletta découvrait des crocs blancs. Je me joignis aux rangées d'hommes qui s'efforçaient de surélever la digue à l'aide de planches et jetai comme un forcené des pelletées d'argile entre chacune d'elles.

En fin d'après-midi, vers le nord, là où personne ne travaillait, la mer se brisa par-dessus la digue et traversa, bouillonnante, les tourbières inférieures dont elle remplit les trous. Nous grimpâmes au sommet de la jetée afin de pouvoir travailler au-dessus du niveau de l'eau en attendant qu'un capitaine conduise son chaland par le travers à l'intérieur de la brèche, chaland que nous fixâmes alors à la jetée à l'aide de cordes avant de combler les espaces avec des algues, des nattes de saules et des briquettes de tourbe. Puis la mer ouvrit une autre brèche ailleurs. Un sentiment de perte me submergea et, l'espace d'un instant, je fus incapable de respirer. La mer gagnait du terrain, probablement tout le long de la côte.

Nous réparâmes cette nouvelle brèche avec le mur d'une grange détruite située à proximité, mur que nous attachâmes avec des cordes aux taquets de la jetée avant de tasser de l'argile dessus. La lumière baissait rapidement quand je vis s'affaisser l'endroit colmaté. Nous restâmes toute la nuit dans une obscurité translucide, les talons enfoncés dans le sol, à soutenir la partie supérieure de la digue, debout côte à côte, nos bras gourds enchaînés, nos dos appuyés contre la paroi inclinée de la jetée. De l'autre côté, le loup aspergeait d'eau de mer glaciale mon visage en sueur, et les bras me brûlaient. Je fermais les yeux pour lutter contre la douleur et imaginais Aletta en train de parcourir un chemin sinueux afin d'éviter les bulles des flaques. La pluie coulait le long de ma nuque, la pluie tombait sur le clocher, sur le *raadhuis*, sur le gibet et sur la tête nue d'Aletta. À l'intérieur des terres, je vis une rangée de feux de guet s'étirer loin au nord. Je les comptai, les recomptai plus tard, et quand leur nombre diminua, je compris que la mer avait ouvert une nouvelle brèche. La terre serait inondée. Le tonnerre et de vilains éclairs provoquèrent chez moi une succession d'ondes de choc, d'incrédulité et de colère jusqu'à ce que toute trace de choc, incrédulité ou colère fût balayée pour laisser uniquement place à ce sentiment de perte qui me faisait trembler. Et à la nuit avec le bébé affamé et en larmes dans le clocher.

Nous finîmes par sentir et entendre le changement de marée. Toute l'eau qui aurait dû monter était déjà là. Des formes commencèrent lentement d'émerger et la pluie, en faiblissant, prit l'apparence d'une brume argentée ; la beauté de cette aube voilée avait quelque chose d'horrifiant. Je m'écartai de la digue et, incapable de baisser les bras, restai debout tel un crucifix. Dans la lumière d'un gris laiteux, je me tournai et vis que l'avant-bras charnu que j'avais serré toute la nuit était celui de l'échevin Coornhert.

— T'es un bon gars, déclara-t-il. Bien meilleur que ceux de son espèce.

La rage m'arracha un sifflement. Qui d'autre était au courant ?

Je jouai des coudes pour obtenir une place sur le premier bachot à destination de Delfzijl. Fermes et tourbières étaient toutes sous l'eau. Les arbres dépouillés, réduits à des buissons de brindilles. Des familles d'ouvriers attendaient sur des toits de chaume détrempés ou bien partageaient des branches d'arbres avec des poulets. L'épouse et les enfants d'un meunier étaient blottis les uns contre les autres sur le toit du moulin. De gros et doux chevaux de trait de Groningue nageaient silencieusement, sans but, sans comprendre. Pendant un instant, j'enviai la simplicité de la souffrance animale.

À part les lignes droites des canaux et des fossés délimitant les propriétés, nulle trace humaine sur la terre. Le village était devenu minuscule. À Delfzijl, l'eau avait inondé l'honnête homme comme celui qui ne l'était pas. Seules les pièces du bas étaient sous l'eau. Et le sol de l'église. Le bébé se trouvait à l'abri dans le clocher, je le savais. Sur la place, le bachot passa entre le *raadhuis* et l'église. L'eau était aussi plate qu'une assiette en étain, un énorme rat flottait sur une porte en bois. Un mauvais présage, aurait déclaré Aletta. Mais la potence et Aletta Pieters avaient été emportées par les flots.

L'eau qui atteignait les ouvertures du rez-de-chaussée l'ayant dépouillée de sa superbe, la maison de mes oncle et tante avait rapetissé. J'entrai par une fenêtre et trouvai Rika dans l'escalier, mouillée jusqu'à la taille, avec sous un bras une urne de Ceylan, sous l'autre la peinture de la jeune fille, chacune ayant été acquise en échange de l'envoi d'une âme dans l'enfer des Amériques. Aucun être humain ne m'attachait à cette maison décorée grâce aux revenus de l'oppression ni à ce village à la justice sommaire et expéditive. Il était trop facile de se racheter en plaçant à contrecœur un orphelin. Je devais revenir à des idées plus complexes.

— Tu ressembles…

— Tante, je dois partir.

— Effectivement. Ça m'étonne que tu sois resté aider.

— Tu es au courant ?

— Une fille introuvable. Des vivres qui disparaissent. Un neveu qui n'est jamais là. Qui s'installe dans une église vide comme un catholique. Je pensais que tu partirais quand ils... hier midi.

— Tu savais qu'elle était dans l'église et tu les y as envoyés !

— Pour te protéger.

— Me protéger ?

— Te voilà libre, balbutia honteusement Rika.

Comment expliquer la situation à quelqu'un qui pensait ainsi ?

— Rika, j'ai besoin d'argent.

— D'argent ? s'étonna-t-elle en posant l'urne sur une marche et en me regardant d'un air perplexe. La moitié de la campagne est sous l'eau et tu te tourmentes pour de l'argent ?

— Il y avait un autre enfant.

Rika respira avec bruit, démesure, et me fit attendre.

— Si je te donne quelque chose, tu promets de l'emmener ?

— Tu crois que je l'aurais abandonné aux bonnes gens de Delfzijl ?

— Prends ça, dit-elle en me tendant le tableau. Vends-le à Amsterdam. Je te donnerai le certificat. C'était son préféré, malgré ses larmes. Je ne l'aime plus.

Son menton trembla.

— Mes croquis de moulins ?

— Je les ai aussi mis en lieu sûr. En haut.

— Donne-les au Conseil des digues.

De l'eau jusqu'à la taille, je la suivis à l'étage, pris la toile, le certificat, une autre couverture, mes livres, mon havresac, un gros morceau de fromage qu'elle me tendit, chargeai la yole d'oncle Hubert et filai. Rika se tenait à la fenêtre de l'étage ; on l'aurait crue dans un bateau aménagé en habitation ou dans une arche.

— Souviens-toi, Rika. Quant le Seigneur a regretté d'avoir créé l'homme, Il a provoqué le déluge.

Je grimpai dans le clocher, changeai le bébé, le nourris, l'emmitouflai dans le châle et la couverture d'Aletta, l'installai à l'arrière du bateau afin de pouvoir le voir, posai le tableau et mon havresac à côté et recouvris le tout d'une autre couverture, comme une tente. Épuisé, je m'éloignai du village de Delfzijl et de ses troubles vérités.

Au début, les remous me réduisirent à l'impuissance et le courant du Damsterdiep me fit reculer, puis je sus reconnaître les rides qu'il faisait naître à la surface de l'eau et longeai les fermes pour l'éviter. Ayant des crampes aux bras, je devais de temps à autre lâcher les rames, et l'air frais me faisait mal aux oreilles.

À l'intérieur des terres, vers Solwerd, les eaux s'apaisèrent et le mouvement rythmique du bateau berça le bébé, qui s'endormit. Les nuages crevèrent sous l'effet du vent et l'éclatante lumière argentée du soleil se refléta sur l'eau. Au-delà de Solwerd, un paysage désolé et détrempé s'étendait dans un calme épouvantable et factice. Une fois la terre asséchée, les champs seraient recouverts de sable et le sol demeurerait salé des années durant. Toute la vanité que je tirais de la maîtrise de la science sur la nature était balayée. Le temps se riait de l'homme. Le moulin plus rapide que j'avais conçu avait des années de retard, Aletta et moi des années d'avance.

« Bien meilleur que ceux de son espèce. » C'était faux. Je n'avais pas lutté contre un seul démon. Je m'étais juste laissé entraîner par son courant tandis qu'elle... Jamais Aletta n'avait succombé à la lâcheté en s'apitoyant sur elle-même. J'avais imaginé l'amour comme une chose accessoire, fortuite, superficielle et non comme l'arbre central faisant tourner chaque pièce. La force de son mouvement ne m'avait pas stupéfait. Tout ce qu'à l'université on m'avait dit être éternel et stable flottait, sans ancrage, et il s'ensuivit que sur le long chemin du retour, Dieu me parut bien plus impénétrable.

Appingedam était également sous l'eau. J'y arrivai en milieu d'après-midi. Les gens étaient sortis en bateau pour mettre biens et animaux en sûreté avant la nuit, qui tombait tôt. Un peu plus loin, dans le hameau de Oling, deux jeunes enfants penchés à une fenêtre aux volets rouges me firent un signe de la main avant de hurler : « Saint Nicolas ! Saint Nicolas ! » en riant.

— Vous avez du lait ? criai-je.

Ils se contentèrent de glousser. Quand je reposai ma question, ils disparurent. Au-dessus du niveau de l'eau, je remarquai que la porte encadrée d'une treille dépourvue de feuilles était décorée d'une peinture représentant une scène rustique, comme le faisaient les gens de la campagne habitant plus au sud. Quelques instants plus tard, une femme vint à la fenêtre et fit descendre un seau en bois contenant une cruche de faïence. Je la pris, remerciai, allai me mettre à l'abri des regards derrière une grange et attachai le bateau à un arbre. Puis j'imprégnai ma manche de lait, que je fis dégoutter dans la bouche du nourrisson.

Je regrettais de ne pas connaître une seule berceuse. Tous ces sons maternels émis pour les bébés – je n'en connaissais aucun, et la seule chose qui me vint à l'esprit fut la doxologie.

« Glorifiez Dieu de qui découlent toutes grâces », chantai-je d'une voix douce en souriant à l'enfant et en laissant le lait couler dans sa bouche.

« Louez-Le, toutes les créatures ici-bas. »

La femme n'avait pas posé de questions avant d'apporter le lait. Un nœud se forma dans ma gorge. Les enfants à la fenêtre étaient heureux. J'avais trouvé l'endroit.

« Louez-Le d'en haut, vous, Armées célestes. »

Je chantais pour la première fois à mon petit garçon ; ce serait la dernière. Ma voix se cassa, devint grêle, sifflante.

« Louez le Père, le Fils et le Saint-Esprit. »

Au crépuscule, un homme dirigea sa yole vers la maison, la fixa au pignon, fit passer par la fenêtre un poulet qui battait des ailes puis entra. Je fouillai dans mon havresac à la recherche d'un bout de crayon, inscrivis au dos du certificat : « Vendez la peinture. Nourrissez l'enfant », puis enveloppai mon fils, le document et la feuille de chou dans la couverture. Épuisé et bercé par le clapotement de l'eau contre la coque, je m'endormis assis, me réveillai dans le noir, déposai notre magnifique enfant dans l'embarcation de l'homme en l'abritant sous le tableau et la couverture, puis me mis à ramer.

En m'éloignant, j'entendis le bateau heurter légèrement l'habitation en timides petits mouvements onduleux, comme pour frapper poliment, comme une bénédiction ; je sus que s'il le fallait, je retournerais à Groningue à la rame jusqu'à retrouver la terre ferme.

Je me demande s'il serait sacrilège de remercier Dieu pour ce retour.

Adriaan Kuypers, faculté de science et de philosophie, Groningue, veille de la Saint-Nicolas – 5 décembre – 1747. Plu toute la journée.

## Quiétude

À L'INTÉRIEUR de l'imposante maison en brique de Pieter Claesz Van Ruijven sise au bord de l'Oude Delft, on accueillit Johannes en le faisant entrer dans cette même antichambre lambrissée de bois où il était venu proposer ses tableaux un à un au cours des dix années écoulées.

— Il est occupé pour l'instant, dit la jeune servante. Puis-je lui faire connaître l'objet de votre visite ?

— J'espérais voir les toiles.

Un petit rire nerveux, rapide, deux notes, échappa à la jeune fille.

— Vous ? Vous ne les avez pas encore assez vues ? demanda-t-elle en introduisant le visiteur dans l'immense salle. Je vais lui dire que vous êtes là.

Seul. Exactement ce à quoi Johannes avait aspiré. De tous côtés, ses peintures réchauffant la pièce.

La *Vue de Delft*, grande, seule, radieuse sur le mur du fond. Cet instant calme et fugitif avant que la ville ne s'éveille de l'intérieur. L'unique acteur, la lumière qui ruisselle tendrement jusqu'à la lointaine tour de la

Nieuwe Kerk et les toits orange à l'horizon. Au premier plan, l'hôtel de ville, les portes de Schiedam et de Rotterdam et même les harenguiers, tout est calme, plus foncé, sous un nuage, encore endormi. Ce moment de quiétude amènerait-il les autres à sentir la grâce de Dieu ? D'ici, Jan pouvait embrasser du regard toute la toile. Le fait de marcher vers elle comme s'il approchait de la ville le transporta. Il n'avait jamais éprouvé cette sensation dans la petite pièce qu'il avait louée à l'étage, de l'autre côté de la rivière, pour peindre cette vue.

Il donnerait n'importe quoi pour retrouver cette chambre. Son silence offert. Maintenant, il travaillait dans la pièce principale du logement familial étriqué qui donnait directement sur la place du marché. Onze enfants passaient leur temps à courir dans ses jambes, leurs *klompen* claquant sur le carrelage. Les hurlements des garçons livrant leurs batailles imaginaires. Les chamailleries des filles à propos des tâches domestiques. L'horrible toux de la petite Geertruida. Les pleurs du bébé. Le tapage en provenance de la taverne d'à côté tenue par sa mère. Les folles affirmations que Willem, son beau-frère hébété, hurlait dans la ruelle.

Jan avait soif de tranquillité. Tout bruit soudain pouvait dévier son trait ; alors la lumière ne tomberait plus correctement sur les stries laissées par les poils du pinceau ; il devrait repasser dessus. Cette couche de peinture supplémentaire de l'épaisseur d'un fil de soie ferait ressortir le défaut. Impossible à camoufler. Chaque fois que Jan regarderait le tableau, le défaut serait là, comme un reproche criant. Une telle imperfection paralyserait Jan s'il en voyait une aujourd'hui.

Il préféra scruter la toile pour y trouver des marques d'exactitude absolue, des preuves de la maestria de son pinceau. Là, tout près, il y avait de l'assurance dans l'aspect lisse et vernissé du toit d'ardoise bleu de la porte de Rotterdam, et de la justesse dans l'empâtement sablé des toits en tuiles du premier plan. Oui. Mais ces heureux résultats n'étaient-ils que fortuits ?

Jan eut l'impression qu'un changement était intervenu dans l'immense salle. Il regarda autour de lui. Ah ! Pieter avait déplacé *La Ruelle* pour lui faire côtoyer la *Vue de Delft*. Il aimait cette proximité, la paisible et émouvante humilité de *La Ruelle* au contact du grandiose de la ville. En même temps que son pouls s'accélérait, Jan ressentit l'absolue et saisissante nécessité du volet rouge dans cette ruelle et l'intimité relationnelle des personnages vaquant à leurs occupations. Une fillette s'était agenouillée sur le bord du trottoir, tournant le dos au spectateur, si bien que sa jupe couleur terre de Sienne gonflait derrière elle pareille à une énorme citrouille vaporeuse. Jan en éprouva une fois de plus un immense plaisir. Il avait vu ses propres filles installées exactement dans cette position, totalement absorbées, heureuses.

Mais le monde avait-il besoin d'un autre tableau représentant des gens vaquant tranquillement à leurs occupations ? Un autre tableau pourrait-il compenser le manque de viande sur la table familiale ?

Derrière lui, des bottes claquèrent sur le sol en marbre.

— Comment ça va, Pieter ? demanda Jan en se retournant.

— Bien. Bien.

— La brasserie ?

— Magnifiquement bien. Aussi prospère que la mousse sur une bonne bière.

Pieter prit une carafe blanche de forme sphérique et proposa un verre de vin au visiteur. Celui-ci leva la main pour décliner l'offre.

— Vous avez donc commencé une nouvelle toile et venez m'en parler, m'allécher ?

— Aucune nouvelle toile pour l'instant. J'essaie de me décider.

— Choisissez une de vos filles ou reprenez Catharina, faites-la poser et peignez. Votre pinceau s'en chargera.

Jan souffla bruyamment pour exprimer combien l'ingénuité de Pieter l'amusait.

— Je sais que, pour vous, la peinture doit exprimer une certaine vérité, reprit Pieter, le sourire aux lèvres, en rythmant sa phrase de manière lourde et excessive. Ou du moins transcender la réalité.

Jan devait ruminer et passer parfois des mois dans un état d'apparente inactivité avant qu'un tableau puisse exprimer quelque chose qu'il considérât comme vrai. Il était incapable de découvrir ces vérités par un effort de volonté. Mais il pouvait se consacrer à une toile ou à un sujet avec ardeur et dévotion, à l'image de cette fillette penchée au-dessus du trottoir, qui se donnait corps et âme à ce qu'elle faisait.

Pourtant, fustigeant son égoïsme, il hésitait désormais devant le moindre sujet lui venant à l'esprit.

— Au cours de sa vie, un homme n'a le temps de faire qu'un certain nombre de toiles, observa-t-il. Il devrait donc les choisir avec circonspection.

— Ça viendra. J'en suis sûr. Vous aimez me faire attendre.

Conscient qu'on le taquinait, Jan fit entendre un petit rire grave. Il sentait qu'il allait bientôt devoir lutter contre cette gueule béante et dévorante que représentait une vie privée de toute activité picturale – ce qu'il ne pouvait qualifier de vie. Dès qu'il finissait un tableau, Jan redoutait honteusement de reprendre contact avec les réalités du foyer. Quand son travail sur une toile l'absorbait tout entier, sa famille s'estompait mais, entre deux toiles, la conscience aiguë de sa responsabilité vis-à-vis des siens revenait.

— On m'a proposé de me lancer dans le marché du brocart avec un cousin. Je m'y connais un peu. Mon père était tisserand en étoffes de soie.

Pieter alluma sa pipe arrondie en porcelaine. À travers la fumée, son expression se fit grave.

— Vous avez une autre obligation.

Oui, Jan le savait. Les 200 florins que Pieter lui avait avancés en échange de la vente de ses deux prochaines toiles, que ce soit à Pieter ou à quelqu'un d'autre... Il avait pourtant besoin de 200 florins supplémentaires.

— Je sais, je sais. Je cherche un sujet.

— Je ne parle pas de la dette. Je parle d'une obligation plus profonde. Une obligation à l'égard de votre talent.

Oui, parlons-en, se dit Jan. Soyez convaincant. Il considéra l'éclatante lumière ocre jaune qui ruisselait sur les mains de la *Liseuse à la fenêtre*.

— Pourquoi le monde a-t-il besoin d'une autre peinture d'une femme seule dans une pièce ? Ou d'une centaine d'autres peintures ?

Ces paroles étaient risquées. Peut-être était-ce une erreur, mais il fallait absolument que Pieter lui réponde pour combattre son manque de confiance, cette ombre qui, étendue toutes les nuits dans le noir entre Catharina et lui, avivait le besoin qu'il éprouvait de plonger dans l'atmosphère joyeuse et sécurisante de la toile suivante.

— Le monde ne sait pas encore tout ce dont il a besoin, mais le jour viendra où une autre de vos peintures de femme à la fenêtre donnera quelque chose.

— Mais le coût…

Jan ne parlait pas du prix qu'il fixerait. Mais de ce que cela coûterait à sa maisonnée. À Catharina, qui n'avait jamais son mari entièrement à elle ; tout moment d'intimité, qu'elle savourait d'avance, se voyait envahi par la relation étroite que Jan entretenait avec ses toiles. À sa petite Geertruida, qui, faute d'une cape d'hiver et d'un bon feu, était constamment malade. Chaque tableau, chaque mois durant lequel il ne travaillait pas à vendre des étoffes, coûtait aux siens.

— Si vous n'êtes pas venu me parler d'un nouveau tableau, qu'en est-il alors, maître Jan ?

— Je…

Soudain, ce qu'il était vraiment venu demander se figea sur sa langue et il fut incapable de l'exprimer.

— Je suis simplement venu étudier les toiles.

— Quand vous voulez, mon brave. Quand vous voulez, affirma Pieter en lui donnant une claque dans le dos. La salle vous est ouverte. Et maintenant, si vous voulez bien m'excuser…

Il se dirigea vers la porte à double battant puis se retourna :

— Peignez, Johannes, peignez.

Jan sourit et hocha la tête. À part un autre peintre, personne ne pouvait imaginer l'habileté dont il fallait faire preuve pour s'acquitter de toutes ses obligations, tenir la réalité à distance afin de rester au cœur même de son travail, faute de quoi, il en était conscient, il existerait uniquement à la périphérie de l'art, simple peintre de province. Création limitée, disciples peu nombreux.

Absorbant, tel un homme assoiffé, le lait des sensations, Jan jaugea ses autres toiles l'une après l'autre, neuf rien que dans cette salle. Il se laissa pénétrer par la placidité de *La Laitière*. L'humble pièce au carreau cassé, le mur piqué de trous, les morceaux de pain. La dignité et l'importance de ce geste, verser du lait, scène d'un tel réalisme que Jan aurait presque pu entendre le liquide gicler dans la jatte de faïence marron. Oui. Et il avait réussi les plis de la manche, en jouant non seulement sur les tons, comme tous les peintres, mais sur l'épaisseur des couches de peinture. Le jour où il avait fait cette découverte, Jan avait compris qu'il ne peindrait plus jamais les tissus de la même manière. Cela s'était passé peu de temps après la naissance d'un enfant, Francis peut-être, ou Beatrix, et il s'était senti transporté devant ce prodige si particulier qu'il n'avait pu partager avec Catharina. À elle seule, cette découverte aurait dû le convaincre de continuer, mais ce n'était pas le cas. Maintenant, dans ce moment intermédiaire entre deux tableaux, alors qu'il sombrait dans la mélancolie et attendait fiévreusement l'instant où le suivant se révélerait à lui, Jan l'admettait : il n'était pas convaincu.

Plus tard dans l'après-midi, il rentra chez lui en traversant un quartier d'ateliers en plein air non loin de l'Oostyende ; il s'acheminait vers quelque chose, lui semblait-il, sans trop savoir de quoi il s'agissait. Il passa devant un fabricant de chandelles en train de plonger dans une cuve fumante une rangée de mèches suspendues. Devant un sellier, un forgeron, un fabricant de meubles ; un foulon feutrant du tissu dans un baquet en bois ; un sculpteur maniant sa gouge derrière des rangées de *klompen* et de pendules, de bols et de cuillères en bois ; un peintre sur faïence appliquant sur des tas d'assiettes le même moulin à vent bleu, le même saule. Tous en apparence satisfaits devant leur enclume, cuve ou établi. Il ne se sentit nulle affinité avec aucun d'entre eux.

Jan revit son père des années plus tôt, penché en avant, soulevant les fils de soie avec l'extrémité de sa navette pour reproduire dans le damas ses délicats dessins. Ce travail lui avait-il procuré une quelconque satisfaction ?

Le claquement rapide de sabots en bois sur les pavés retentit au coin de la rue. Avant que Jan pût s'arrêter, une jeune fille le heurta, dont les jupes volaient. C'était l'une de ses filles, la deuxième.

— Magdalena !

— Papa !

— Où te conduit cette course folle ? demanda-t-il à sa fille en lui lissant les cheveux.

— Aux murs de la ville, répondit-elle, haletante. Maman m'a dit que je pouvais. J'ai rempli mes tâches et, comme tu n'étais pas là, on n'a pas eu à surveiller les petits pour qu'ils se tiennent tranquilles. Je rentre bientôt. C'est juste pour voir.

— Je sais. Je sais combien tu aimes ça.

Les cheveux châtains de Magdalena n'étaient pas tressés, elle était sortie sans bonnet et, dans la brise, avec cette chevelure flottante éclairée par-derrière, on aurait cru une créature éthérée.

— Papa, viens avec moi. Oh, s'il te plaît. La vue qu'on a de là-bas !

Tout son corps en frissonnait d'avance. Jan gloussa devant l'insistance de sa fille et secoua la tête. Ce matin, il avait déjà joué aux quilles avec ses fils dans la ruelle – les garçons l'avaient supplié, il avait promis et tenu sa promesse. Mais l'après-midi était déjà bien avancé et il devait se mettre au travail.

— Je viendrai un jour. Sois de retour avant le coucher du soleil, surtout !

Alors qu'elle s'éloignait, Jan remarqua ses talons devenus, à force d'usure, de minces plaques inégales.

La façon que Magdalena avait eue de lui demander de venir – ce débordement d'enthousiasme et d'espoir – était identique à la manière dont elle l'avait prié de l'emmener faire du voilier sur patins l'hiver précédent ; il avait dit non, puis cette semaine-là le temps était devenu particulièrement chaud pour la saison, la glace s'était brisée, et ils avaient raté l'occasion. Jan s'était senti triste et blessé. Il vivait mal, lui semblait-il, car c'est entravé qu'il abordait chaque instant. Il pensa rattraper sa fille mais poursuivit sa route en faisant un détour afin de passer sous le feuillage touffu et tacheté des tilleuls qui bordaient le canal.

Jan évita la place du marché car il devait à Hendrick de l'argent pour le pain. La veille, le montant indiqué sur la note de rappel du boulanger l'avait choqué – 480 florins. Plus d'une année de paie pour l'un de ces artisans. Il était également en dette avec l'épicier et le marchand de lainages. Les sabots usés de Magdalena le plongèrent dans un abattement plus profond encore.

Tiré par quelque fil invisible, Jan se retrouva sur Mols Laen. Il s'arrêta dans la maison et la boutique de son cousin, se sentit soulagé de ne pas l'y trouver, puis traversa rapidement le marché de la tourbe en direction du quartier des papistes sur le Oude Langendijck où vivait sa belle-mère, l'aristocratique matrone, Maria Thins. Devant la porte de chêne cirée, Jan songea aux sabots usés de Magdalena puis souleva le heurtoir argenté. Il demanda directement à sa belle-mère, sans user d'aucun cordial et attendrissant prélude, si elle pouvait lui avancer 200 florins sur la vente de sa prochaine toile.

Maria Thins fixa un endroit au-delà de lui, derrière ses épaules, comme si quelque objet inanimé d'un intérêt capital situé derrière son gendre – une fissure dans le mur ou la virginale peinte – attirait son attention. C'était sa façon à elle de faire sentir à Jan qu'elle le considérait comme un mendiant, même si elle lui devait beaucoup, bien qu'il ne s'agît pas d'argent. À de nombreuses occasions, Jan avait permis à Willem, son imbécile de beau-frère, d'échapper aux magistrats alors qu'il s'était donné en spectacle sur la place du marché. Plus d'une fois Willem avait baissé son caleçon et s'était penché en ricanant quand Catharina, sa propre sœur, le rencontrait là-bas par hasard. Lui, Jan, avait dû intervenir fréquemment pour mettre fin à une bagarre dans la maison Mechelen, la taverne de sa mère située juste à côté, et le plus souvent Willem était à l'origine de la rixe. Malgré cela, Maria Thins donnait à Jan l'impression d'être méprisable. Pourtant, il la regarda droit dans les yeux. Même quand elle se trouvait chez elle, sa belle-mère fixait des rubis à ses lobes blancs et allongés.

— On commence à me connaître à Delft maintenant, fit remarquer Jan.

— Qui ? Un brasseur ? Un boulanger ? Des commandes ? Non. L'Église ?

— Bien sûr que non. En Hollande, les Églises réformées refusent d'employer des peintres convertis au papisme.

Jan perçut le léger retrait du menton, qui laissa apparaître son double charnu. C'est sa belle-mère qui avait exigé cette conversion, avec confirmation par l'évêque, comme condition de son mariage avec Catharina, et Jan s'était montré bien disposé malgré les éventuelles conséquences sur sa carrière.

— J'ai été élu doyen de la guilde de Saint-Luc.

— C'est ce qu'on dit, effectivement. Félicitations. Ça rapporte ?

Les minces os du revers de la main de Maria Thins bougeaient de haut en bas tandis qu'elle pianotait de ses doigts ornés de bijoux le tapis qui drapait la table devant elle.

— Un peu. Il en résultera peut-être autre chose.

— Peut-être. Peut-être. En attendant, Catharina est enceinte.

— À moins que votre satané fils n'épouvante l'enfant au point de le faire sortir. La semaine dernière, il a pourchassé Catharina avec un bâton sur la place du marché. Maintenant, elle ne sort plus.

— Je suis désolée, Jan. Willem s'est toujours montré indiscipliné, jaloux.

— Ça va bien au-delà de la jalousie. Il est dangereux, si ce n'est pour les autres, du moins pour lui-même. Comment pouvez-vous le défendre alors qu'il vous a attaquée aussi ?

— Que puis-je faire ? demanda Maria Thins en se frottant la tempe comme pour chasser ce souvenir. Il a appris ça de son père.

— Et moi alors, que puis-je faire ?

— Si vous vouliez que votre famille mange autre chose que quelques biscottes au petit déjeuner, vous abandonneriez la peinture. Vous offririez vos services à une de ces poteries. Sûrement qu'avec votre nouveau statut au sein de la guilde, on vous embaucherait comme peintre sur faïence. Il n'est pas trop tard pour convertir votre talent en espèces sonnantes et trébuchantes. En pommes de terre, *hutspot* et pain. En couvertures et bottes pour vos garçons.

Une implacable succession d'assiettes. Jan les imaginait, empilées, formant un mur devant lui. Ses genoux faiblirent et il détourna les yeux pour regarder les objets qui l'entouraient. Le pouvoir expressif des objets dans une pièce le touchait souvent profondément. Une cruche à eau dorée, posée sur un tissu étroit aux motifs rouges comme sur un autel, réfléchissait une douzaine de tons, de l'écarlate au jaune d'or. Jan aima les lignes puissantes et droites qui s'élevaient de la base ainsi que la courbe voluptueuse de l'anse.

— C'est une belle cruche. En avez-vous une autre que vous pourriez utiliser juste quelque temps ? J'aime la façon dont le tissu se reflète dans l'or. Peut-être pourrais-je peindre...

— Prenez-la. Prenez-la. Et le tissu avec, déclara Maria Thins en écartant les objets d'un geste, et Jan se sentit lui aussi écarté. Pourquoi Dieu m'a-t-Il donné un gendre pareil ? Fils et gendre, tous les deux irresponsables. Tous les deux fous.

— L'avance ?

— Je vais y réfléchir. Je ne peux rien promettre. Willem devient furieux et se met à tout casser quand il croit que je vous préfère à lui. Il n'a pas oublié le dernier emprunt. Et il imagine que je vais faire un legs substantiel à l'occasion du baptême. Mais c'est impossible. Les Beijerlands me doivent un arriéré de loyer.

— Je pensais que si seulement je pouvais avoir de quoi louer un petit atelier, alors, je ne serais pas interrompu et je pourrais peindre davantage.

— J'ai dit que j'allais y réfléchir.

Sur le chemin du retour, muni du pichet enveloppé dans le tissu, Jan sentit une sourde épouvante descendre sur lui avec la tombée de la nuit. Il allait devoir se présenter devant Catharina sans un *stuiver*. Ce soir, il lui dirait qu'il allait changer de travail Quelle honte de s'adresser à un atelier de poterie Après, on ne le considérerait jamais plus comme un artiste mais comme un simple artisan. Autant faire quelque chose de totalement différent. Il allait vendre des étoffes avec son cousin. Il commencerait demain. Juste pour deux ou trois ans. Peut-être moins s'il réussissait. Interrompre le peu de continuité de son œuvre serait désastreux. Comme un pénible retour en arrière.

Jan entendit des cris alors qu'il se trouvait encore à quelques maisons de la sienne. Des voisins étaient rassemblés devant sa porte. Il entra en courant. Dans la pièce principale, ses enfants hurlaient, Geertruida et le bébé pleuraient, et Willem frappait sa sœur avec un bâton. La jeune femme, tombée sur son rouet, était couchée en boule par terre pour tenter de protéger l'enfant à naître. Furieux, Jan brandit le pichet et l'abattit sur la tête de son beau-frère. Willem fut suffisamment assommé pour qu'il puisse l'éloigner de Catharina et lui assener un bon coup dans le ventre. L'homme tomba en écrasant un chevalet. Jan lui donna des coups de pied, lui mit les bras dans le dos d'un geste sec et s'assit sur lui.

— Francis, va me chercher de la ficelle. Tout ce qu'on a. Maria, Cornelia, occupez-vous de votre mère.

Tandis que Willem était encore étourdi, Jan lui lia les pieds et les mains à une chaise à dossier droit qu'il attacha à l'escalier. Puis il aperçut le bâton. À une extrémité dépassait une cheville en acier.

— Johannes, fais sortir Van Overgaeu de chez lui, celui qui t'a plâtré le bras. Tu te souviens ? À quatre maisons d'ici. En direction de l'église. Mais bon sang, où est Magdalena ? Beatrix, va chercher ta grand-mère Maria. Prends une lanterne. Il commence à faire nuit.

Les yeux rivés sur la pointe métallique, Jan resta étourdi jusqu'à ce qu'il entende sa femme murmurer à l'attention des grandes : « Ça va. Ça va », atténuant déjà les choses par égard pour ses enfants. Après tout, c'était leur oncle, dirait-elle. Jan prit le linge mouillé que tenait sa fille aînée et nettoya le bras de Catharina à l'endroit où la pointe avait laissé une longue et profonde éraflure.

— Ça a commencé comment ?

— Quand il est entré, il divaguait.

Willem remua et commença à crier des choses insensées concernant un démon. Jan le bâillonna à l'aide du tissu rouge et retourna près de Catharina, se repentant de sa propre négligence. S'il avait été à la maison, ce ne serait pas arrivé. Ravalant ses remords, il passa le linge humide sur le visage et la gorge de sa femme.

— Ça va, dit-elle.

— Mais l'enfant ?

Une atmosphère d'étrangeté et de trouble emplit la pièce jusque dans les coins. La chaise espagnole renversée, le rouet cassé, sa peinture du *Christ chez Marthe et Marie* accrochée de travers, la nappe arrachée de la table, des bols de faïence brisés par terre, la soupe des enfants renversée, le berceau en bois qui se balançait, et son occupant, oublié, seul, pleurant encore – l'ordre de son univers se trouvait totalement ébranlé. Le berceau, heurté dans la bagarre, craquait en rythme. La vue de la ville que Jan avait peinte sur son côté, exercice préalable à sa *Vue de Delft*, passait alternativement de l'ombre à la lumière. Il se passa un long moment avant que Jan s'approche pour faire cesser le mouvement. Le berceau avait survécu à l'enfant pour lequel il avait été fabriqué, sa grand-mère, et ce fait maintenant le frappait d'étonnement. Les objets pouvaient donc survivre aux gens.

Jan porta le bébé à son épaule, les cheveux duveteux divinement doux contre sa joue. Tout en oscillant sur ses jambes et en calmant la petite fille, il respira l'agréable odeur de lait, sentit la petite bouche essayer de lui téter le cou.

Van Overgaeu vint immédiatement examiner Catharina et panser la blessure, mais Maria Thins fit attendre Jan suffisamment longtemps pour lui faire comprendre, sans l'ombre d'un doute, qu'elle refusait d'être bousculée. À son arrivée, les yeux chavirés, elle se dirigea rapidement au chevet de sa fille.

— Ça va, maman.

— Je peux demander aux magistrats de venir et de jeter Willem en prison, déclara Jan aussitôt, ou bien on se charge nous-mêmes de le faire enfermer dans une maison de correction privée.

— Où ? souffla Maria Thins, les narines dilatées, les yeux papillotant irrésistiblement.

— Chez Taerling.

Willem se tortilla violemment contre la ficelle qui lui barrait le torse et tenta de parler.

Elle hésita.

— C'est mieux qu'un asile public, ajouta Jan en prenant le bâton muni de la pointe métallique pour le lui montrer.

Maria Thins lança à son gendre un regard paniqué. En un instant, les rôles changèrent. Elle lui était infiniment redevable. Les larmes aux yeux, incapable de regarder son fils bâillonné qui geignait, elle manifesta son assentiment d'un signe de tête. Avant qu'elle ne change d'avis, Jan demanda à un voisin d'aller cher cher Taerling. « Et dites-lui d'apporter des menottes », précisa-t-il.

La nuit durant, Jan et Catharina, sous le choc, s'enfermèrent dans le mutisme. Le lendemain, la jeune femme perdit le bébé. Jan resta près d'elle tous les jours jusqu'à son rétablissement. Se sentant impuissant, il lui servit des tasses de bouillon et répara son rouet Et chaque nuit, pendant une semaine, Jan fut réveillé en sursaut par les hurlements de Geertruida et la serra contre lui, brûlante et moite, secouée de sanglots à cause des cauchemars, en attendant que ses bras et le lait chaud apaisent suffisamment la fillette pour lui permettre de se rendormir.

Les autres enfants reprirent trop tôt disputes et jeux bruyants. Des portes claquèrent. Ceux qui étaient dehors voulaient rentrer. Les autres sortir. Ses deux plus jeunes fils, Francis et Ignatius, se mirent à imiter ce qu'ils avaient vu et jouèrent à la bagarre – ils se frappaient sur la tête avec des gobelets en bois, se donnaient des coups de pied dans le ventre, et le vaincu finissait ligoté. Ils se chamaillaient pour savoir qui serait papa et qui oncle Willem, chacun tirant le gobelet vers lui, jusqu'à se battre vraiment. Jan tempêtait contre eux afin qu'ils cessent.

Il accepta de surveiller le séjour forcé de Willem en maison de correction. Être le gardien de son beau-frère lui semblait un moyen bien douteux d'accéder au royaume des cieux. Ne pourrait-il pas plutôt y entrer grâce à la peinture ? Jan sentait sa vie lui échapper.

Maria Thins lui prêta 300 florins. Ce n'était pas comme s'il les avait gagnés par son art, mais cela lui laissa un peu de temps. Jan donna suffisamment d'argent au boulanger et à l'épicier pour les calmer, offrit des chaussures à ses enfants, versa un acompte sur le bateau à voiles sur patins et acheta du pigment et de la térébenthine de Venise. Il ne restait plus rien.

Si seulement il pouvait travailler plus vite. Peins, Johannes, peins, se disait-il. Mais si, effectivement, il travaillait plus vite, comment pourrait-il créer des œuvres imprégnées de profonde méditation, seule manière d'immobiliser les choses vivantes suffisamment longtemps pour les comprendre ? Et tous les objets qu'il peignait – corbeille à pain, pichet, coffret à bijoux, seau en cuivre – n'étaient-ils pas eux aussi vivants ?

Un jour, alors qu'il broyait au pilon un petit bloc d'outremer au fond d'un mortier, plein d'amour pour l'intensité de ce bleu aussi chaud que la poudre de lapis-lazuli, il entendit du vacarme dans la pièce principale. Sa deuxième fille. Magdalena. Bien trop grande pour ça. Dès qu'il entra, elle s'arrêta de crier.

Par crainte de faire un mouvement, tout le monde se tut, même Ignatius. Silence béni, gâté par le raclement de la chaise sur le carrelage quand la jeune fille recula.

Très vite, Magdalena leva les yeux vers lui, les joues roses de honte. Le regret qui lui embuait l'œil adoucit son père. Elle se tenait debout devant lui comme un don de Dieu, le tissu bleu de sa blouse drapé tel un ciel tourmenté. Il y avait quelque chose chez cette enfant qu'il ne parvenait jamais à saisir, une vie intérieure qui lui était fermée. Les envolées de son imagination, sa vivacité – elle était toujours en train de courir –, son intense vie intérieure intimidaient Jan. Ah, l'immobiliser un instant, assez longtemps afin de la peindre, pour l'éternité.

Pouvait-il peindre, en conscience, ce qu'il ne comprenait pas ? Ce qu'il ne connaissait même pas ?

— Assieds-toi.

Seule la peinture lui offrirait une chance de connaître cette vie-là.

La chaise racla encore lorsque Magdalena alla s'asseoir au coin de la table, près de la fenêtre.

Comment avait-il pu ne jamais remarquer tout cela ? Ces yeux, d'un bleu pâle, céruléen. Ce visage, sans beauté ; cette expression à la fois tendue et pleine de retenue – à cause de lui ? Rendre l'ensemble avec honnêteté plutôt qu'avec orgueil ou même simplement avec amour, dépasser la peinture des sentiments connus pour entrer dans le mystère, tel était le défi que sa fille lui lançait. Son sentiment d'obligation s'intensifia, se renouvela, comme l'avait dit Pieter. La fenêtre ouverte réfléchissait le visage de

Magdalena et, sur une vitre, l'image de sa joue brillait, lumineuse, comme si de la poudre de nacre y était mêlée. Jan ouvrit la fenêtre un peu plus, puis un peu moins, et finit par trouver le bon angle. Un souffle de vent remua les cheveux défaits de la jeune fille au niveau de la tempe.

— Si tu restes assise ici, je te peindrai, Magdalena. Mais seulement si tu arrêtes de crier.

Elle écarquilla les yeux et se pinça les lèvres pour réprimer le sourire qui pourrait brusquement se transformer en mots. Jan apporta le panier à ouvrage qu'il posa sur la table en songeant à l'humble et touchante histoire de cette corbeille, choisie par Catharina au milieu d'une dizaine d'autres sur l'étal d'un marchand. Il plaça dans le rayon oblique du soleil le verre de lait de Geertruida, ce verre que quelqu'un avait lavé jour après jour. Et à côté, légèrement en retrait, le pichet doré. Celui-ci miroita dans le flot de lumière, reflétant le bleu de la manche de Magdalena. Non. Jan le retira. C'était un bel objet, mais sans lui une plus grande vérité émanait de l'ensemble. Il déposa sur les genoux de Magdalena la chemise d'un de ses frères, à laquelle il manquait des boutons. Corrigea la position des épaules de la jeune fille, qu'il sentit se contracter puis lentement se relâcher sous ses doigts. Arrangea la jupe, et la coiffe de lin blanc confectionnée par sa femme. La main de Magdalena était retombée sur la chemise, la paume vers le haut, les doigts fins légèrement recourbés. Parfait. La main ne devait pas bouger. L'expression de paix intérieure naissait de l'abandon de toute action intentionnelle.

D'un mouvement brusque, Catharina se précipita pour emporter le verre de lait.

— Non, laisse-le, Catharina. Là, en pleine lumière. Il représente la tendresse de notre quotidien et sacralise ainsi l'ensemble.

En arrangeant ces objets, Jan ressentit un plaisir dont son égoïsme n'était certainement pas digne. Il recula, respira plus lentement et ce qu'il vit, éclairé par de chauds sillages d'or et de miel, ce fut une plage de quiétude au milieu de ces tâches ingrates qu'accomplissent les femmes pour sanctifier le foyer. Et Jan se dit que cette quiétude était peut-être tout ce qu'il connaîtrait jamais du royaume des cieux.

# Magdalena

UN JOUR, en fin d'après-midi, après avoir lavé le linge et obtenu l'autorisation de sa mère, Magdalena sortit en courant de leur maison près de la Nieuwe Kerk, traversa la place du marché, passa devant la boulangerie de Van Buyten, sur deux ponts pavés qui franchissaient les canaux, devant l'atelier du forgeron, parvint à la Kethelstraat et aux murs de la ville, gravit les marches de pierre ocre qui lui arrivaient au genou et gagna l'endroit qu'elle préférait dans tout Delft – le chemin de ronde. Depuis une telle hauteur, oh, tout ce qu'elle pouvait voir ! Si seulement elle pouvait peindre cette vue ! D'un côté, la porte de Schiedam, et un peu plus loin les deux tours jumelles de la porte de Rotterdam, des bateaux avec des voiles de la couleur d'une coquille d'œuf marron, à la forme bizarre, remontant la Schie depuis la mer. De l'autre côté, des champs de pommes de terre tout en longueur sur lesquels des charrues en bois projetaient leur ombre pareille à un long doigt, des vergers, des rangées de boules vertes ordonnées comme sa mère aurait souhaité que le fussent leurs onze jeunes existences, la fumée des poteries et des briqueteries, et plus loin encore elle ne savait pas. Non, elle ne savait pas.

Magdalena resta debout à observer, observer encore, elle entendit derrière elle, un peu plus au sud, le grincement monotone – pareil aux battements de son cœur – du moulin à vent qui tournait dans la brise marine et respira l'eau salée venue d'autres rivages. Sous elle coulait la Schie, ruban jaune pâle autour des remparts. Plus la jeune fille regardait le fleuve, plus il semblait emprunter au ciel sa couleur. Dans le vent, les embarcations à quai produisaient une espèce de cliquetis bas et musical qu'elle adorait – bruit de chaînes de leurs attaches et léger heurt de leurs ventres creux les uns contre les autres. Ce n'était pas propre à ce jour. Magdalena aimait le chemin de ronde par tous les temps. Voir la pluie perforer la mer grise et faire miroiter le pont de pierre, sentir ses cordons d'eau froide sur son visage et ses mains lui gonflaient le cœur.

L'adolescente se dirigea vers une entaille dans le mur et au même moment une rafale de vent souleva ses jupes. Les hommes qui, sur le pont, attendaient avec leurs ballots de prendre la mer crièrent des mots qu'elle ne comprit pas. Elle ne le dirait jamais à sa mère. Catharina refusait qu'elle aille là-bas. Le chemin de ronde était plein de gardes qui fumaient du tabac, avait-elle déclaré. Il y avait quelque chose de ténébreux dans la voix de sa mère, comme si elle pensait que son enfant devrait avoir peur, mais la jeune fille, ce jour-là, là-bas, ignorait ce sentiment.

Lorsqu'elle dominait ainsi la ville, Magdalena était envahie par des désirs fous dont nul, dans sa famille, n'avait idée et que personne ne connaîtrait jamais, se disait-elle, à moins peut-être que quelqu'un les lise sur son visage ou qu'elle-même ait la force d'âme d'en parler. Ces désirs avaient le pouvoir de lui couper le souffle. Certains étaient grands, lancinants, tenaces, d'autres de simples coups d'épingle de lumière dorée, éphémères telle une luciole, mais intenses. Désir d'accomplir au plus vite ses tâches ménagères afin d'avoir le temps de courir chaque jour jusqu'aux remparts avant le dîner ou bien à la Oude Kerk pour retirer les feuilles mortes de la tombe de son frère. Désir que le bébé ne pleure pas tant et que les garçons cessent de se disputer, de se battre dans les jambes de tout le monde, ou de courir à travers la maison en criant. Un désir partagé par son père, elle le savait. Désir de ne pas avoir tant de bols à laver, treize à chaque repas. Désir de voir ses cheveux briller d'un jaune paille au soleil de la place du marché, comme ceux de la petite Geertruida. Désir de voyager dans une voiture, passer les frontières et atteindre tous les pays dessinés sur la carte paternelle.

Magdalena désirait que l'épicier ne la traite pas avec autant de brusquerie lorsqu'il voyait sa main s'ouvrir et lui offrir 4 florins, tout ce que Catharina lui avait donné afin de régler une note qui s'élevait, pour autant qu'elle sût, à plusieurs centaines de florins. Elle désirait que l'homme ne crie pas ; il lui envoyait alors en pleine figure son haleine qui sentait l'ail. Le boulanger, Hendrick Van Buyten, se montrait plus gentil. Il avait déjà permis deux fois à Vermeer de payer avec un tableau afin qu'ils puissent repartir de zéro. De temps en temps, Hendrick donnait à Magdalena un petit pain au lait encore chaud à manger sur le chemin du retour. Et il y ajoutait parfois une volute de miel. Elle aurait désiré que l'épicier lui ressemble.

Magdalena désirait que son père sorte plus souvent le voilier à patins sur la Schie. Il en avait acheté un beau avec une grande voile ivoire. « 80 florins, avait grommelé sa mère. Plus qu'un hiver de pain et de viande. » Les dimanches d'hiver, si le temps était serein et Vermeer entre deux toiles, le bateau les emportait à toute allure en rasant le miroir blanc du canal. L'adolescente n'avait jamais connu pareille vitesse. Dans ses oreilles et dans sa bouche ouverte, l'air froid et pénétrant insufflait vie, espoir et enthousiasme.

Magdalena se rappelait le désir qu'elle avait eu, un certain matin, alors que son père mélangeait du blanc de céruse à une minuscule pointe de massicot pour représenter la plume d'oie sur une peinture de Catharina écrivant une lettre – désir d'avoir un jour quelqu'un à qui écrire et de pouvoir finir une lettre pleine d'amour et de nouvelles par : « Toute à vous, votre affectionnée Magdalena Elisabeth. »

Leur père peignait souvent sa femme, il avait peint Maria une fois, lui avait couvert la tête d'une lourde étoffe dorée et enveloppé les épaules dans un châle de satin blanc. Maria, avec ses quinze ans, était l'aînée, bien que l'écart entre elles deux ne fût que de onze mois. Ce pourrait être drôle de se mettre ainsi en grande toilette, de porter des perles aux oreilles et de laisser son père lui montrer la pose. Mais la seule chose que désirait vraiment Magdalena était qu'il la regarde vraiment, qu'il lui prête attention.

Un seul désir, bien plus fort, éclipsait tous les autres et faisait battre son cœur. Elle désirait peindre. Oui, moi, se disait-elle penchée au-dessus du mur de pierre. Je veux peindre. Cette vue et tout le reste. Depuis cette position privilégiée, le monde s'étendait avec magnificence. De là-haut, la beauté n'était pas que formes et couleurs mais immensité, lumière, air aussi, et, de sorte, semblait intouchable. Si seulement le fait même de vouloir peindre l'en rendait capable. Son père s'était contenté de sourire bizarrement lorsque Magdalena lui avait fait part de ce désir, exactement comme si la jeune fille lui avait appris qu'elle voulait parcourir les mers – ce qu'elle désirait aussi, bien sûr, histoire de peindre ce qu'elle verrait. Quand Magdalena évoquait ce sujet, son désir de peindre, sa mère lui fourrait dans les mains la corbeille de vêtements à raccommoder.

Souvent, installée dans un coin, Magdalena observait son père travailler. À cause des petits qui couraient à travers la pièce en riant ou en criant, il réclamait toujours le silence, aussi ne lui posait-elle pas beaucoup de questions. De toute façon, il répondait rarement. Immobile, la jeune fille regardait très attentivement combien d'huile de lin il utilisait pour délayer l'outremer et comment il l'appliquait sur un glacis de brun rougeâtre. Comme par enchantement, le bleu de la robe qu'il peignait devenait alors plus chaud que celui de sa palette. Il refusait qu'elle l'accompagne au grenier où il réduisait le massicot en poudre ; par contre, il l'envoyait chez l'apothicaire acheter les briquettes de massicot et l'huile de lin. Pour ces choses-là, il y avait toujours de l'argent, mais Magdalena ne savait pas quoi dire quand, bien longtemps après la mort de son frère, le marchand exigeait d'être payé pour les potions qu'il lui avait préparées.

Si seulement elle pouvait avoir des couleurs à elle, ainsi que des pinceaux. Elle ne se contenterait pas de représenter des femmes dans de minuscules pièces. Elle les peindrait dehors, sur la place du marché, penchées dans un champ de pommes de terre, dans un bateau sur la Schie, en train de discuter au soleil devant leur porte ou de prier dans la Oude Kerk. Ou encore elle peindrait des gens sur la glace, patineurs confirmés ou pères initiant leurs enfants sur la Schie gelée.

Des pères qui initiaient leurs enfants. Cette pensée la déconcerta.

Depuis la tour de guet, Magdalena observa un nuage obscurcir le ciel et sut – tout comme elle savait qu'elle aurait toujours de la lessive et du raccommodage à faire – que les choses ne se passeraient pas de la sorte. Elle s'était épuisée à force de désir et fit demi-tour. Elle devait aider à préparer le dîner.

Un certain jour de printemps qui ne débuta pas de manière particulière – sinon que la veille, dans l'après-midi, Magdalena était montée jusqu'aux remparts et que, dans toute la ville de Delft, les tilleuls qui bordaient les canaux avaient éclaté en feuilles vert jaune traversées de lumière, ce qui accentuait l'intensité du jaune, sauf lorsqu'elles se chevauchaient et donc devenaient plus foncées –, un certain jour de printemps, de quelque endroit inconnu et à naître, surgit un cri. « Je déteste le raccommodage, hurla Magdalena à l'attention des murs, de sa mère, de n'importe qui. Ça n'est pas de la création. »

Son père entra dans la pièce, regarda sa femme et jeta à sa fille un regard mauvais. Magdalena avait été chargée de faire taire les petits ou de les chasser dehors afin de préserver leur père, et voilà qu'elle était celle qui faisait du bruit. Personne ne bougea. Même les garçons restèrent tranquilles. Au début, l'adolescente se borna à examiner la main de son père barbouillée de poudre de lapis-lazuli ; elle ne le regarda pas dans les yeux, trop surprise par l'écho de sa propre voix pour lancer un autre défi. Magdalena aimait cet homme, aimait ce qu'il faisait avec cette main et même, soupçonnait-elle, aimait ce qu'il aimait, bien qu'ils n'en eussent jamais parlé. Quand cette pensée lui fit lever les yeux vers lui, elle vit une certaine douceur apparaître sur son visage, comme s'il la remarquait dans cette maison pour la première fois. Il l'entraîna vers la table près de la fenêtre, apporta le panier à ouvrage, déposa sur ses genoux la chemise de son frère à laquelle il manquait des boutons, rectifia la position de la chaise, ouvrit la fenêtre, un peu plus, un peu moins, puis découvrit qu'à un certain angle elle réfléchissait le visage de son enfant. « Si tu restes assise ici, je te peindrai, Magdalena. Mais seulement si tu arrêtes de crier. » Il corrigea la position des épaules et ses mains, au repos l'espace d'un instant, étaient chaudes à travers la blouse en mousseline et semblèrent apaiser la jeune fille.

Catharina se précipita pour retirer le verre de lait de Geertruida.

« Non, laisse-le, Catharina. Là, en pleine lumière. »

Des jours durant, Magdalena resta assise à cet endroit-là, bougeant le moins possible pour contenter son père mais faisant de temps à autre quelques points pour satisfaire sa mère. Dans cette atmosphère paisible, tous les objets qui se trouvaient dans son champ de vision la touchaient profondément. Le tapis posé en travers de la table, le panier à ouvrage, le même verre rempli chaque jour au même niveau, la carte du monde ambrée sur le mur – savoir que ces objets qu'elle avait touchés et qui lui étaient devenus aussi familiers que sa propre peau seraient un jour regardés, admirés et même aimés par ceux qui verraient cette toile faisait vibrer dans son cœur une corde de luth.

Les jours de soleil, les carreaux de la fenêtre brillaient devant Magdalena. Comme des bijoux transformés en carrés tout plats, se disait-elle. Leurs teintes pâles et transparentes – couleur ivoire, parchemin, couleur du plus clair des vins ou de la plus pâle des tulipes – les différenciaient légèrement les uns des autres. La jeune fille se demandait comment on fabriquait le verre, mais elle ne posa pas de question. Ça aurait dérangé son père.

De l'autre côté de la fenêtre, un brouhaha s'élevait du marché – vente de pommes, de saindoux, de balais et de seaux en bois. Magdalena aimait les marchands de fromage avec leur chapeau rouge à bord plat et leurs habits blancs et austères. Les plateaux jaunes et arrondis, sur lesquels des tranches avaient été soigneusement empilées, étaient portés à chaque extrémité à l'aide d'une corde et projetaient des ombres brunes sur les pavés. Deux plateaux posés en diagonale au second plan, entre leurs porteurs, constitueraient une belle composition avec la forme répétée et bombée des tranches de fromage. À l'arrière-plan, se détachant sur la maison de la guilde, elle représenterait un jeune livreur poussant son chargement de morue argentée, et peut-être un couple de pigeons gris lavande en train de picorer des miettes au premier plan. Le carillon de la Nieuwe Kerk qui sonnait l'heure résonnait profondément dans sa poitrine. Tout cela semble banal aux autres mais pas à moi, se disait-elle.

Pendant tout ce mois, Magdalena ne parla pas, l'occasion étant trop mémorable pour que des mots la gâchent. Son père avait affirmé qu'il la peindrait tant qu'elle ne crierait pas, aussi n'ouvrait-elle pas la bouche. Le jour où elle se rendit compte que ce silence ne suscitait chez lui ni réflexion ni curiosité, elle ressentit dans sa poitrine une douleur sourde, semblable à celle causée par une blessure. Lorsque la jeune fille observait son père du coin de l'œil, elle était incapable de dire ce qu'elle représentait pour lui. Lentement, elle en vint à comprendre qu'il la regardait avec le même intérêt qu'il portait au verre de lait.

Peut-être était-ce parce qu'elle n'était pas aussi jolie que Maria. Magdalena savait qu'elle avait des mâchoires saillantes et que ses yeux délavés étaient trop écartés. Elle avait un grain de beauté sur le front, qu'elle s'efforçait toujours de cacher en tirant sur sa coiffe. Et si personne ne voulait du tableau ? Que se passerait-il ? Ce serait peut-être sa faute puisqu'elle n'était pas jolie. L'adolescente aurait souhaité que son père fît une remarque la concernant mais il se contentait de dire, ne s'adressant pas directement à elle mais plutôt à lui-même, que la lumière du soleil blanchissait sa coiffe au niveau du front, que l'ombre située sur sa nuque réfléchissait le bleu de son col, que le terre de Sienne de sa robe devenait rouge vénitien dans les plis. Il ne s'agissait jamais d'elle, hurlait Magdalena intérieurement, mais uniquement de quelque chose autour d'elle, qu'elle n'avait pas sciemment créé, ni même contribué à créer. Être regardée par lui, par quelqu'un, non avec des yeux d'artiste mais avec amour, voilà un autre désir qui ne se réaliserait jamais, même si elle vivait éternellement, comprit alors la jeune fille. Si deux personnes aiment la même chose, elles doivent forcément s'aimer, raisonnait-elle, au moins un peu, même si elles ne l'expriment jamais. Néanmoins, comme son père travaillait avec une infinie concentration et lui inspirait beaucoup de respect, Magdalena s'exerça à avoir l'air calme en regardant par la fenêtre, mais le jour où elle vit la toile, le calme qu'elle avait cherché à exprimer ressemblait plutôt à du regret.

Pieter Claesz Van Ruijven, qui achetait la plupart des œuvres de son père, ne se porta pas acquéreur du tableau. Il le vit mais lui en préféra un autre. Marquée au fer rouge de la honte, Magdalena ne put parler ce soir-là. La toile était accrochée sans encadrement dans l'arrière-cuisine où dormaient les plus jeunes. Par la suite, ils durent quitter le logement de la maison Mechelen, sur la place du marché, et aller vivre plus petitement chez grand-mère Maria dans le Oude Langendijck. Leur père cessa de sortir le voilier à patins sur la Schie ; en fait, il le vendit. Il peignait rarement – les pièces étaient sombres et étroites, les petits bruyants – et, quelques années plus tard, il mourut.

Lorsque Magdalena le lava sur son lit cette ultime fois – ses doigts étaient déjà froids –, lui vint une pensée que la honte l'empêcha d'exprimer : cela ferait un beau tableau, une peinture commémorative, la fille au chevet du mort, munie d'une serviette de toilette et d'une cuvette aux motifs bleus, la main posée sur la sienne, l'épouse épuisée, assise sur la chaise espagnole, qui serrait un crucifix dans ses mains, et le père-mari, les yeux vitreux posés sur un autre paysage. Alors qu'il avait peint tout le monde, personne n'était là pour le peindre, faire qu'on se souvienne de lui. Magdalena aspirait à réaliser ce tableau, mais la tâche était trop effrayante. Il lui manquait la technique, et celui qui aurait pu l'initier n'avait jamais proposé de le faire.

Bien que Magdalena les lui eût demandés, Catharina vendit les toiles et les pinceaux de son mari à la guilde de Saint-Luc. L'argent aida à rembourser une dette. Quand sa mère devint malade d'inquiétude, la jeune femme eut l'idée d'apporter le tableau la représentant à Hendrick Van Buyten, le boulanger, car elle savait qu'il l'aimait bien. Et il le prit, ainsi que celui d'une dame jouant de la guitare, en échange des 617 florins et 6 *stuivers* dus, l'équivalent de plus de deux années de pain. Le boulanger sourit à Magdalena et lui offrit un petit pain au lait.

Moins d'un an plus tard, elle épousa Nicolaes, un sellier, le premier homme à la remarquer, un grand travailleur dont la peau exhalait une odeur de cuir et de graisse, et qui l'initia à un plaisir autre que celui des yeux, mais – elle s'en rendit bientôt compte – totalement dépourvu d'imagination. Le couple s'installa à Amsterdam et Magdalena ne revit pas le tableau pendant vingt ans.

En 1696, peu de temps après que leur seul enfant en vie, Magritte, moite de fièvre, cesse de respirer dans ses bras, Magdalena apprit par le *Amsterdamsche Courant* que cent trente-quatre toiles de divers artistes allaient être mises aux enchères. « Plusieurs œuvres ingénieuses et remarquables, précisait l'avis, dont vingt et une magnifiquement et puissamment peintes par feu J. Vermeer de Delft, seront mises aux enchères le 16 mai à une heure dans le Oude Heeren Logement. » Dans seulement une semaine. Magdalena pensa à Hendrick. On ne pouvait évidemment pas lui demander de conserver éternellement ces tableaux. Le sien s'y trouverait peut-être. Cette éventualité l'empêcha de dormir.

En pénétrant dans la salle des ventes, Magdalena se sentit animée par le plus intense de ses désirs d'enfance – noter non seulement les choses qu'elle voyait, mais la manière dont elle les voyait. Elle s'en était tellement éloignée, sans même un enfant pour le justifier ! Magdalena se demanda, involontairement, quel sens donner à l'existence, et cette réaction la choqua. Désirer n'avait pas suffi. Aurait-elle dû supplier son père de l'initier à son art ? Peut-être pas. Si elle s'était rendu compte que grâce à cette aide elle était finalement capable de peindre, les années de naissance et de mort n'en auraient sans doute été que plus pénibles. Mais alors, ces naissances et ces morts auraient été représentées et la souffrance offerte. Cela aurait servi à quelque chose. Aurait-ce été suffisant pour révéler, par l'art, une vérité ?

Magdalena l'ignorait.

Le fait de revoir tant de toiles de son père lui donnait l'impression de parcourir une rue de son enfance. La fenêtre couleur miel, la chaise espagnole, la carte murale qu'elle avait regardée fixement en rêvant, le pichet d'eau doré de grand-mère Maria, les perles et la veste de satin jaune de sa mère – ces objets lui inspiraient maintenant un tel respect que Magdalena eut l'impression qu'ils avaient tous une âme.

Et soudain, elle se vit sur une toile, encadrée. Ses genoux se dérobèrent sous elle.

Hendrick n'avait pas conservé le tableau. Quoiqu'il aimât bien Magdalena, il ne l'avait pas conservé.

Elle était presque une enfant, lui sembla-t-il, qui regardait par la fenêtre au lieu de faire son raccommodage, comme si ce simple regard suffisait à envoyer son esprit dans le monde. Et ces chaussures ! Magdalena avait oublié. L'adolescente qu'elle était adorait ces boucles qui, croyait-elle, lui donnaient l'air d'une vraie dame. Les semelles avaient fini par s'user complètement mais là, toutes neuves, les boucles brillaient sur la toile, en une tache de lumière dorée. Magdalena sentit un bouillonnement de joie monter en elle.

Non, elle n'était pas belle, elle le reconnaissait, mais il y avait cet air de candeur sur son visage, qu'elle savait érodé par les années, un désir tu dans ce corps penché en avant, des souhaits dans l'intensité de ses yeux. Le tableau montrait qu'elle ne savait pas encore que la vie cesse brusquement, que l'existence est en grande partie répétitions et séparations, que les boutons doivent éternellement être recousus, quelle que soit la vigueur avec laquelle on passe le fil, qu'il s'en faut de peu pour qu'arrivent de belles choses. Femme encore submergée de désirs, Magdalena aurait aimé que Nicolaes l'accompagne et la voie à l'époque de son émerveillement au poste de sentinelle, quand la vie et l'espoir étaient nouveaux et pleins de promesses, mais son mari avait trouvé qu'il n'y avait pas lieu de fermer sa boutique pour ce genre de fantaisie.

Lorsque son tableau fut annoncé, Magdalena se mit sur la pointe des pieds. La main dans la poche bien serrée autour des 24 florins, certains empruntés à deux voisines, d'autres retirés discrètement du coffret dans lequel Nicolaes conservait l'argent qui lui permettait de s'acheter du cuir. C'est tout ce qu'elle avait pu trouver, et elle n'avait pas osé lui en demander davantage. Il aurait trouvé cela insensé.

— 20, dit un homme devant elle.

— 22, enchérit un autre.

— 24 ! cria Magdalena, si vite et si fort que le commissaire-priseur sursauta. Perçut-il quelque ressemblance sur son visage ? Il ne fit pas monter les enchères. La peinture lui appartenait !

— 25.

Son cœur se brisa.

Ne demeura qu'un brouhaha. Le tableau fut finalement adjugé à un homme qui ne cessait de s'entretenir avec son épouse ; Magdalena y vit un bon signe : la peinture irait chez des gens aimables. 47 florins. La plupart des toiles s'étaient vendues bien plus cher, mais 47 florins, c'était un bon prix, estima Magdalena. Elle tomba, l'espace d'un instant, dans ce qu'on lui disait être le péché d'orgueil. Puis elle pensa à Hendrick, et une douleur déchirante la traversa. 47 florins moins les honoraires du commissaire-priseur, c'était bien loin de ce que sa famille avait dû au boulanger.

Magdalena suivit le couple et sortit dans la bruine de la Herengracht, désireuse de se faire connaître, de leur adresser simplement quelques mots, mais elle finit par se laisser distancer. Elle avait de très mauvaises dents maintenant, et ces gens étaient fortunés. La femme portait des bas. Que leur dirait-elle ? Il ne s'agissait pas qu'ils croient qu'elle voulait quoi que ce fût.

Magdalena s'éloigna lentement en longeant un mur de pierre mouillé qui, irisé, brillait, et l'humidité de la rue réfléchit le bleu de sa plus belle robe. Des éclaboussures apparurent très vite, transformant le bleu céruléen en outremer intense, la couleur préférée de son père. Une pluie légère piquait l'eau vert-de-gris du canal, transformée en dentelle sombre et fine, et Magdalena se demanda si on l'avait jamais représentée de cette façon-là, si l'existence d'une chose aussi insignifiante qu'une goutte d'eau pouvait être immobilisée et offerte au monde sur une toile, si le monde s'y intéresserait.

Magdalena songea à tous ces êtres figurant sur les tableaux vus ce jour-là, pas uniquement sur ceux de son père, mais sur tous les tableaux du monde. Un artiste leur avait emprunté leurs yeux, leur manière particulière de tourner la tête, leur solitude, leur souffrance ou leur chagrin afin de les offrir, par-delà les années, à des inconnus qui n'auraient jamais pu les rencontrer. Il en serait ainsi pour elle, se dit Magdalena, des gens, tout près d'elle, à quelques longueurs de bras, l'observeraient, encore et encore, sans la connaître jamais.

## REMERCIEMENTS

« *Love Enough* » (« Aimer assez ») fut d'abord publié sous le titre « *Love Burning* » dans la *New England Review*, « *A Night Different From All Other Nights* » (« Une nuit différente de toutes les autres nuits ») dans la *Missouri Review*, « *Morningshine* » (« Éclat du matin ») dans *So to Speak*, et « *Magdalena Looking* » (« Magdalena ») dans *Confrontation*.

L'auteur tient à remercier Barbara Braun, Greg Michalson, Fred Ramey, C. Jerry Hannah et le Asilomar Writers Consortium.

Table

*Impression réalisée sur CAMERON par*

BUSSIÈRE CAMEDAN IMPRIMERIES

GROUPE CPI

*à Saint-Amand-Montrond (Cher)*
*en octobre 2001*

N° d'édition : 3797. N° d'impression : 014788/1.
Dépôt légal : octobre 2001.

*Imprimé en France*